目錄

U0152256

序言 │ 作為一個移民者的心聲

　　香港出名是壓力之都。上學有上學的壓力，工作有工作的壓力。所以香港人特別愛旅行。沒有來澳洲之前，我去過十幾個國家，包括韓國、馬來西亞等亞洲國家，也去過英國、法國等歐洲國家。去完這些國家之後，的確覺得香港的生活節奏太快了，感覺香港，不是一個給人居住的地方，只是一個給人工作的地方。身邊很多人都想 "逃離" 香港，甚至已經有一些朋友移民了。

　　剛開始來澳洲，其實不是為了移民。我是一個平凡到不能再平凡的人，和很多畢業不久的人一樣，想出去工作假期。本來打算玩個一兩年，就乖乖回港工作。對於移民澳洲，我算是那種特別幸運的人。其實在澳洲的華人社會，不知道為甚麼，很多人覺得你來澳，就是想移民，風氣就是這樣。

　　其實頭幾個月在澳洲，準確一點是在悉尼 – 全澳消費水平最高的城市，還是覺得甚麼都很新鮮，人也不那麼冷漠。只是覺得這裡人種好多，甚麼膚色都有，不愧是一個移民國家。從一個建滿高樓大廈的城市，來到一個都是平房的生活區，感覺很放鬆，每天早上都能聽到鳥叫。空地、大草地、公園，哪裡都是。一望無際的大海和大草原，連一座接著一座的高山，也不難找；有一種回歸大自然的感覺。另一方面，雖然一般物價比香港還高一點，但把樓價算進去的話，整體可負擔性比香港低一點。

　　但是來這裡久了，就知道這裡也有不好的地方。比如說交通不方便，有很多地方是沒有火車網絡的，巴士也十幾二十分鐘才一班車。還有，大家對於不同種族的人，多多少少有點歧視。生活很健康，也很悶。週末都是去海灘、爬山；偶爾唱 K 喝酒。逛街就免了，來來去去都是一樣的東西，品牌也不多，所以也比較容易儲錢。晚上九、十點後餓了，也找不到東西吃，餐廳都關門了。其他商店六點就關。感覺上，經濟也沒有香港的蓬勃，所有事情都很慢。

但是在這裡久了，就習慣了。

結論是，每個城市都有它的好和不好，就看你怎麼取捨；而且即使移民了，亦不代表不能回去。

YT	Kat YingKwan 瑩君
IG	ohhhkatrina
FB	@katyingkwan

Chapter
1

澳洲簡介

澳洲 (Australia) 位於大洋洲，是南半球
面積第二大的國家。它四面環海，沒有
和任何國家陸地相連。它的首都是坎培拉
(Canberra)，最大的城市是悉尼 (Sydney)，
而主要的城市有墨爾本 (Melbourne)、珀斯
(Perth) 及 布里斯本 (Brisbane) 等。英文是
主要語言，而族群最大的是歐裔。

第一章

澳洲簡介

澳洲 (Australia) 位於大洋洲，是南半球面積第二大的國家。它四面環海，沒有和任何國家陸地相連。它的首都是坎培拉 (Canberra)，最大的城市是悉尼 (Sydney)，而主要的城市有墨爾本 (Melbourne)、珀斯 (Perth) 及 布里斯本 (Brisbane) 等。英文是主要語言，而族群最大的是歐裔。

澳洲由 6 個州及 2 個領地組成，包括：
- Australian Capital Territory 首都領地 (ACT)
- New South Wales 新南威爾士州 (NSW)
- Northern Territory 北領地 (NT)
- Queensland 昆士蘭州 (QLD)
- South Australia 南澳 (SA)
- Tasmania 塔斯曼尼亞州 (TAS)
- Victoria 維多利亞州 (VIC)
- Western Australia 西澳 (WA)

而以下是各州及領地的首府：
ACT – 坎培拉 Canberra
NSW – 悉尼 Sydney
NT – 達爾文 Darwin
QLD – 布里斯本 Brisbane
SA – 阿德萊德 Adelaide
TAS – 荷伯特 Hobart
VIC – 墨爾本 Melbourne
WA – 珀斯 Perth

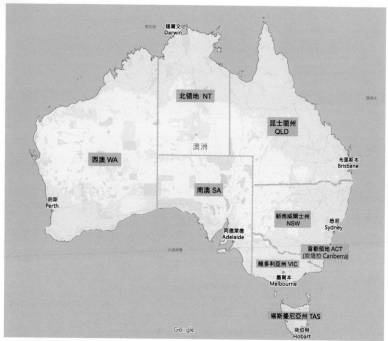

▲ 澳洲地圖

Chapter
2

各州及領地首府簡介

澳洲那麼大,去哪個城市生活也是值得研究的。這個落腳地十分重要,一開始接觸的朋友、工種等,都和這個城市有關。每個城市都有它自己的特色,這裡就讓我簡單介紹一下澳洲各地方的風土人情和概況。

各州及領地首府簡介

澳洲那麼大，去哪個城市生活也是值得研究的。這個落腳地十分重要，一開始接觸的朋友、工種等，都和這個城市有關。每個城市都有它自己的特色，這裡就讓我簡單介紹一下澳洲各地方的風土人情和概況。

ACT - 坎培拉 Canberra

坎培拉是澳洲的首都。它是一個領地，也是一個城市。在很多國家，首都都是一個非常繁華，很多建設的地方。但是，在澳洲就恰恰相反。它夾在全澳人口最多的兩個州 – NSW 和 VIC 中間。從悉尼過去大概 3 小時車程，從墨爾本過去約 6 個多小時。它還是全澳唯一一個沒有靠海的州 / 領地。裡面政治元素比較強，國會大廈、澳洲戰爭紀念館，還有各國的大使館都在這裡。生活方面，除了一所大學 (澳洲國立大學 - The Australian National University)、一般的民宅和商店以外，幾乎沒甚麼了。

NSW - 悉尼 Sydney

悉尼是新南威爾士州的首府，是澳洲第一大城市。天氣相對其他州份來說比較溫和，陽光也很充沛，幾乎每天都萬里無雲。雖然不至於像某些州份那樣，一天四季，但也是常常兩天四季的；意思是今天和明天偶爾會差十幾度。著名的旅遊景點有：歌劇院 (Opera House)、達令港 (Darling Harbour)、藍山 (Blue Mountain)、獵人谷 (Hunter Valley) 和邦代海灘 (Bondi Beach) 等等。 人口方面，據近年官方統計所得，是全澳移民人口比例最高的城市。據個人經驗，是華人最多的一個城市。這地方可以說是龍蛇混雜，機會比較多，但被騙的機會也相對多。其實大部分人都是好人，自身來說得到過不少華人的幫助。如果你想做城市的工作，這裡的工作機會比較多，而且好多華人願意聘請華人工作；但與此同時，物價也是澳洲之冠。在悉尼，如果你只懂普通話和廣東話，是可以生存的。

NT - 達爾文 Darwin

達爾文算是澳洲最北的一個大城市了。它是最近香港的一個澳洲城市，但也是回香港需要最長時間的一個澳洲首府。因為它沒有直航去香港的航班。天氣屬於熱帶氣候，可以說是沒有冬天。這裡的人口分佈比較集中。旅遊名勝主要是卡卡杜國家公園 (Kakadu National Park) 和裡奇菲爾德國家公園 (Litchfield National Park) 看野生動物，尤其是鱷魚；還有明迪海灘 (Mindil Beach) 看日落。由於屬於偏遠地區，城市的工作相對不多，但薪金水平卻比較高。

QLD - 布里斯本 Brisbane

布里斯本是澳洲第三大城市。與另外一個為人熟悉的城市 – 黃金海岸 (Gold Coast) 相鄰。這個城市給我的第一印象是 "石屎森林"。有不少高樓大廈，而且看上去有點像是 90 年代的大廈。和悉尼一樣，這是一個太平洋沿岸的城市，所以旅遊主要以水上活動為主。這裡的天氣相對來說比較像香港，比墨爾本和悉尼潮濕一點。就業方面，可能工作機會比起前兩大城市 – 悉尼和墨爾本，相對沒有那麼多。

SA - 阿德萊德 Adelaide

阿德萊德是一座古色古香的城市，沒有一般大城市的喧鬧，反而恬靜，像一個世外桃源。地理位置方面，也是一個沿海城市，東南面是墨爾本。氣候方面，冬季多雨，夏季乾燥。現今的阿德萊德以其葡萄酒、本地的節日、藝術著稱。來阿德萊德，可以到中央市場 (Adelaide Central Market) 看看特色工藝品，也可以在 Rundle Street 購物街和阿德萊德大學 (The University of Adelaide) 附近看看特色的石建築，而南澳美術館 (Art Gallery of South Australia) 也在附近；遠一點的德國村 (Hahndorf) 也是著名旅遊點之一。

TAS - 荷伯特 Hobart

荷伯特是位於塔斯曼尼亞島的城市，同時也是最多 "水" 的城市之一，城市中間還有一條非常寬的入海河分隔兩邊；平地不多，房子很多依山而建。這裡也是距離南極最近的其中一個大城市，所以看南極光就成為了旅遊活動之一。這裡給我最大的印象是天氣，一天就能感受四季，早上陽光，中午下雨，再重複，天天如是；而且很大風，從南極吹來的風特別冷。威靈頓山 (Mount Wellington) – 可以與雲接觸的山，和撒拉曼卡市集 (Salamanca Market) – 售賣特色產品和食品的市集；都是旅遊必去的景點。人口方面，比大部分澳洲首府少。

VIC - 墨爾本 Melbourne

墨爾本是澳洲第二大城市，充斥著濃厚的文化氣息，不但有很多古建築，還有千奇八怪的塗鴉。在市區就有 Hosier Lane、Union Lane 和 ACDC Lane 三條有名的塗鴉街。在墨爾本市區，幾乎從早到晚都會有不同的街頭表演。氣候方面，較冷而且多雨水。這裡是澳洲第二多移民的州份，但目測亞裔移民比悉尼少。來這裡旅遊，大洋路 (Great Ocean Road) 和十二門徒石 (Twelve Apostles) 是必去的；還有企鵝島 (Philip Island) 和

Brighton Beach 的彩虹小屋也是打卡點。工作機會和悉尼差不多,全澳來說算比較多;平均薪金也在全澳中上的水平。

WA - 珀斯 Perth

珀斯是唯一一個在澳洲西岸的大城市,也是一座印度洋沿岸的城市。這裡的時區和香港一樣,沒有時差。夏天天氣酷熱,偶爾會高於四十度。由於澳洲西邊沒有開發的地方比較多,西澳的旅遊景點大部分不在珀斯市內,而且比較偏遠,以看自然地貌為主。市內的旅遊點包括:天鵝谷 (Swan Valley) 葡萄酒莊、珀斯鐘樓 (the Bell Tower) 等。由於西澳擁有豐富的天然資源,採礦業及礦物業成為了這裡的主要工業;而農業也在珀斯的經濟中扮演很重要的角色。平均薪金方面,略低於其他城市。

小記 - 公共交通工具卡

澳洲每個州及領地都有自己的交通系統及政策;而且都有屬於自己的交通卡,州及領地之間互不通用。它們的公共交通都由各州 / 領地的首府延伸,由於地大人少,偏遠地區不一定受惠於公共交通網絡。以下是各州及領地的首府和交通卡:

- ACT – Canberra 坎培拉 – MyWay
- NSW – Sydney 悉尼 – Opal Card
- NT – Darwin 達爾文 – Tap and Ride Card
- QLD – Brisbane 布里斯本 – Go Card
- SA – Adelaide 阿德萊德 – Adelaide Metro Card
- VIC – Melbourne 墨爾本 – Myki Card
- TAS – Hobart 荷伯特 – Greencard
- WA – Perth 珀斯 – SmartRider

▲其中五個州的交通卡

小 Tips

　　如果只是去自由行，無打算在該地區居住，除了 NSW、QLD 和 VIC 之外，不建議購買其他州的交通卡。以上三個州的交通網絡比較完善。其他州分及領地的偏遠地區較多，公共交通網絡只覆蓋少部分地方，去旅行的話租車或跟一日團會比較好。

來澳事前準備及注意事項

帶多少錢？－ 因人而異。建議帶備信用卡，以備不時之需。基本生活的開支主要在"住"方面。最廉價的住屋方式是租住單個房間，租金主要視乎居住地區而定，好的區和差的區價格可以差一倍以上。悉尼是全澳平均租金和房價最高的城市，所以去其他城市的話會比較便宜。另外，選擇和別人分租一個房間也會便宜一點。

來澳事前準備及注意事項

帶多少錢？ – 因人而異。建議帶備信用卡，以備不時之需。基本生活的開支主要在 "住" 方面。最廉價的住屋方式是租住單個房間，租金主要視乎居住地區而定，好的區和差的區價格可以差一倍以上。悉尼是全澳平均租金和房價最高的城市，所以去其他城市的話會比較便宜。另外，選擇和別人分租一個房間也會便宜一點。

帶甚麼？ – 其他物品方面，不建議帶太多，反正香港物價已經夠高，過來這邊買生活用品價格差不多。但有一樣東西最好帶備，那就是澳洲插頭的轉插器。電子產品多過三件的建議帶拖板，在澳洲幾乎買不到其他國家插頭的拖板，連國際插頭的也沒有。

先找住宿？ – 如果沒有任何認識的人在你要去的城市，可以先在旅館住一兩個星期。到步後再租房間。不建議在網上先找，很多人因而被騙。有不少人在網上看到房間照片就下訂金，到步後完全找不到收訂金的人。早前有一間本地的租屋中介公司，就是這樣騙人，更不用說是以 Facebook、微信等社交軟件訂的房屋。最好是看了房間，滿意後再下訂金。

住哪裡？ – 出租單個房間在澳洲很普遍，一般租金包水電煤網，也有些只包部分。此外，可以選擇租 home stay，價格較高，包三餐；也有人選擇長租青年旅舍的床位，但個人不建議。經濟條件比較好的可以找租屋中介，承租一整個單位。

抵達

當初選擇城市的時候，其實範圍早就縮窄
到澳洲頭兩大城市－悉尼和墨爾本。數據
顯示，悉尼是澳洲裡面華人最多的城市，而
且陽光充沛，不像墨爾本天陰多雨，初來步
到，當然選一個比較容易習慣，而且較安全
的城市。

抵達

經過 9 小時的飛航，終於到達目的地 – 悉尼。當初選擇城市的時候，其實範圍早就縮窄到澳洲頭兩大城市 – 悉尼和墨爾本。數據顯示，悉尼是澳洲裡面華人最多的城市，而且陽光充沛，不像墨爾本天陰多雨，初來步到，當然選一個比較容易習慣，而且較安全的城市。

下飛機之後，天氣變得特乾。澳洲本來就比香港乾燥，加上三月份是南半球的秋天，所以感覺整個人的水分都被抽乾了。入境後，第一時間是買電話卡，機場就有不同電話公司的門市。順帶一提，澳洲主要有三間流動網絡公司：Vodafone、Optus、Telstra。Vodafone 是最多人用的，而且比較便宜，但訊號比較不穩定；Telstra 的訊號最好，在山區也可能有訊號，但價格比較高；Optus 就屬於兩者中間。我當時選擇了 Optus，並一直用到現在。

由於帶來的錢不多，又不知道甚麼時候能找到工作，只好坐公共交通工具。幸運的是我住的地區有火車站，距離市中心只有 25 公里，所以轉了兩次火車就能到達。這裡的火車就像香港的地鐵，但班次就比較疏落。一般十五分鐘到半小時有一班車。有一點要注意的是香港的地鐵會在沿線上每一個站都停，但是悉尼的火車有快車和慢車之分，而且很多時候就算是同一條線的火車，每一班車停的站都不一樣，所以上車之前，一定要看清楚月台上的顯示屏！如果想查看班次，可以上 NSW Transport 的官網。

第一次出長時間的遠門，我把該帶和不該帶的東西都帶上，行李重 28kg，對於我來說是有點吃力的，但也正因為這樣，我發現悉尼的人很熱心，人與人之間的關係並不冷漠。幾乎每次轉車，都有人問我是否需要幫忙拿行李。每次進火車門都有人幫忙把行李從月台推進車門。在火車上，也有人主動和我閒聊，告訴我一些悉尼的概況。

　　經過大概兩個小時的車程，當中包括找錯月台，錯過火車等小插曲，終於來到 home stay 的地區 Merrylands。悉尼的分區很多，但每個區的面積都不大，而每個區都會聚集不同的人種，以我當時住的 Merrylands 為例，就被列為中東人區，居住人口大部分是中東人，但也有小部分為其他種族。我的 home stay 就是一家中國人。悉尼比較多香港人的區是 Chatswood，而其他華人大多聚居在 Burwood、Eastwood、Rhodes、Ashfield、Hurstville 和 Campsie。

▲火車站內

Chapter
5

澳洲生活經驗

由於我在三月份的時候到悉尼，沒經歷過的
人可能覺得差三個小時沒什麼。但是我感覺
到身體需要點時間去調節時差，所以還是預
留兩三天休息一下。

澳洲生活經驗

時差及季節

悉尼其實和香港沒有差多少個小時，悉尼冬令時間比香港快兩個小時，夏令時間快三個小時；每年在四月和十月的第一個星期日轉換冬、夏令時間。ACT、NSW 大部分地區、VIC、TAS 這五個州的時間是同步的，其他的州及領地都有它們自己的時間。WA 的時間是跟香港一樣的。以下是各州格林威治標準時間的分佈：

州份或領地	夏令時間 （約 10 月 – 3 月）	冬令時間 （約 4 月 – 9 月）
昆士蘭州 (QLD)	GMT +10	GMT +10
新南威爾士州 (NSW)	GMT +11	GMT +10
首都領地 (ACT)	GMT +11	GMT +10
維多利亞州 (VIC)	GMT +11	GMT +10
塔斯曼尼亞州 (TAS)	GMT +11	GMT +10
北領地 (NT)	GMT +9.5	GMT +9.5
南澳 (SA)	GMT +10.5	GMT +9.5
西澳 (WA)	GMT +8	GMT +8

由於我在三月份的時候到悉尼，沒經歷過的人可能覺得差三個小時沒什麼。但是我感覺到身體需要點時間去調節時差，所以還是預留兩三天休息一下。

季節方面，由於澳洲位於南半球，一年四季的月份和北半球是相反的。夏天約在 12 月至 2 月期間；冬天約在 6 月至 8 月期間。

銀行戶口及理財

下飛機的第三天，我就在 home stay 的陪伴下去開戶口了。

澳洲三大以個人服務為主的銀行是：NAB (National Australia Bank - 澳洲國民銀行)、ANZ (Australia and New Zealand Banking Group Limited- 澳新銀行) 與 Commonwealth Bank (Commonwealth Bank of Australia / CBA - 澳洲聯邦銀行)。

剛開始，我走進最近的一間銀行，可是裡面的服務人員說開戶要住址證明。我來這裡才三天，怎麼可能有，所以最後我去了另外一間銀行 - 澳洲聯邦銀行。就這樣，使用它的服務已經幾年了，對於一般的服務沒有甚麼問題，聯絡客戶服務也不難，所以值得推薦。

撇開複雜的理財，兌換外幣，尤其是港幣，大家應該也有這個需要。有不少人在澳洲工作後，不知道怎麼把錢帶回香港。個人經驗而言，一般在澳資銀行兌換港幣，匯率會非常差，手續費可以用 "誇張" 來形容。能貼近香港銀行匯率的就只有澳洲的 HSBC，但是要在那兒兌錢，需要在澳洲本地開戶；問題是澳洲的 HSBC 連櫃員機都有點難找，開戶口只為了兌錢，好像沒必要。所以我的解決方法是，出發前，先在香港開一個澳幣戶口，需要的時候，可以先把澳幣匯回香港，之後在香港兌換。當然，這只是一個建議。

最大難題 - 找工作

持有臨時或短期簽證的朋友，要在澳洲找工作一點也不容易。因為不是居民，長工或好一點的職位也很難被考慮。留在城市的話，大部分只能做一些零售、餐飲、服務或體力勞動的工作。有別於香港，在澳洲其實體力勞動和厭惡性的工作，薪酬會比較高，例如：裝修、地盤、肉場等等⋯ 所以如果你想賺多點錢的話，可以試一下這類工作。

澳洲的工作主要分為 full time、part time、casual 這幾類。以上所有分類同樣受到法律的保障。Casual 的工作，顧名思義就是需要人的時候會通知你上班，但隨時會不需要人手。這種關係是雙向的，雇員今天辭職，明天就能走。這類工作一般以時薪計算，最低工資會比 full time 或 part time 高一點。無論是哪一類工作，視乎情況，一般加班是有加班費的，尤其是時薪的工作。Full time 的薪金則通常以年薪計算，part time 就不一定。

當然以上的保障僅限於正規的工作，俗稱 "白工"，就是有報稅的工作。正常的工作，勞資雙方都應該要繳稅。香港是出了名低稅的地方，可是澳洲就不一樣，這裡的稅很高。所以有些僱主會提供現金的工作逃稅，俗稱 "黑工"，這可是犯法的。

至於找工作方面，可以於網上尋找，以下是建議的網站：

- SEEK
澳洲最大的求職網站之一，是正規的求職網站

- Indeed
另外一個澳洲的正規而又比較大的求職網站

- Linkedin
也是在澳洲一個常用的正規求職網站，不少大公司會在網內招聘

- Gumtree

主要用於二手買賣和本地 casual 工作招募

- 今日悉尼 / 今日澳洲 / 今日墨爾本

悉尼 / 澳洲 / 墨爾本 其中一個最大的華人網頁，澳洲華人新聞和華人工作招募是主要的資訊

其他求職方法：

- 看報紙

  不同英文和中文報紙均有招聘

- 走進商店詢問

  很多時候，零售商戶不一定會登廣告招聘，反而會在店外貼告示，在澳洲，這個方法頗流行的

- 詢問身邊的人

  由於澳洲人與人的關係比較緊密，他們很樂意雇用身邊認識的人

小 Tips

- 澳洲的薪金通常是每週、每兩週或每月支付。
- 除非合約訂明或在某公司工作超過五年，否則辭職的通知期都不需要一個月，詳情請到 Fair Work Ombudsman 網頁查閱。

薪金水平

　　根據 Australian Bureau of Statistics 2019 年 8 月的數據，澳洲平均的週薪約為 $1634 AUD。以 1 澳幣兌 5.5 港幣的匯率#計算，平均月薪約為 $38943 HKD*。數字上看上去好像很多，但其實稅率也很高，和香港一樣，是累進稅制。以這個收入為例，每個月就要拿出約 $9066 HKD 來交稅。

　　除此之外，每個行業的平均工資也有不同。根據 Australian Bureau of Statistics 2019 年 5 月的數據，平均薪金最低的行業是餐飲及住宿業，只有約 $1162 AUD 週薪；而最高的行業是礦業，平均週薪約為 $2573 AUD。兩者相差超過一倍。

　　現實情況是，無論是本地人，還是移民，在澳洲找工作所需要的時間都比香港長。一般正規的 full time 工作，總結身邊朋友的經驗，約需要 2-3 個月。而沒有永久居留身分的人，工作會更難找。政府的可移民職業列表是澳洲比較缺人的職業，這些職業相對起來可能比較易找工作，其中包括 IT 電腦、幼兒教育、護士等。

　　* 澳幣平均週薪 x 52 星期 x 匯率 / 12 個月
　　# 匯率常有變動，僅供參考

租屋

　　在澳洲，租屋的種類大概可以分為：單個房間、套房 (master room)、整租單位或 house。

　　前兩者都是在一個單位內分租的房間。套房帶獨立洗手間及浴室；廚房、客廳和露台是共用的；普通房間則連廁所和浴室也是共用的。這種分租的房間，在澳洲十分普遍，自己也租了好幾年。這種租屋模式，通常不正規，但有時候也需要簽合約，放租的人可能是業主或二房東,有人會整租一個單位再分租房間出去。按金通常是兩至四星期租金,每兩星期交一次租;若房東要趕你走或你要退租,通常也是兩至四星期通知期。一般房間會包床、床墊、衣櫃、書桌及一張凳;而雪櫃、微波爐、洗衣機等電器都是共用的;所以基本上不用買傢俬電器。如果一個人來澳洲的話,其實租住這類房間比較經濟方便。

整租單位或 house,當然成本比較高,除了租金比較高之外,還需要購買傢俬和電器。這種模式,通常半年或一年起租,大部分需要簽合約,按金一至兩個月,一個月交一次租。放租整套單位的業主,大部分會找中介代理,而沒有永久居留身分的人可能比較難整租單位。如果有本地收入證明的話,會比較好。

價格方面,很視乎區域。在市中心租一個房間的價格,隨時可以在一些比較遠的區租一整個單位或一個 house。除此之外,也很視乎該地址離公共交通工具的距離、面積大小、方向、新舊程度等等。以悉尼一個中等收入,有火車站及超市的區為例,一個離火車站步行 15 分鐘內的單位,一個房間租金每星期約 $200+ AUD,一個套房約 $300+ AUD,整租一房單位大約 $500+ AUD,兩房單位約 $700 AUD。(價格一直會浮動,以上數據僅供參考。)

除了以上三種租屋模式外,還有一種學生常用的 home stay 模式。其實即是住在別人家裡,租一個房間,但他們會提供飲食。租金會比較貴,適合剛來澳洲的學生。

* 租金通常以每星期為計算單位

買樓 - 樓宇問題

澳洲的住宅主要分成四類:Apartment、unit、house 和 townhouse。Apartment 和 unit 都是公寓。Apartment 是較

高級的公寓，一般有保安、健身室、門卡系統等設備；而 unit 一般只有兩三層，很多是舊式公寓。House 是獨棟房屋，而 townhouse 則是連排房屋。連排房屋與 house 相似，也是一棟棟，但並不獨立。每一棟左右兩邊，或其中一邊牆會和旁邊的另一棟相連。

澳洲的樓價和屋租一樣，非常視乎區域。在中上收入水平的區，一房單位的價格，有機會可以在中下收入水平的區買一個 house。根據近年的數據，全澳樓價最高的城市是悉尼，第二是墨爾本。樓價每天都在變，有興趣了解的朋友可以到澳洲 Realestate 網站及 Domian 網站參閱。這兩個是全澳最大的房地產網站，一手二手樓的資料都有。

這個部分其實沒有打算分享財經資訊，反而是想分享一些住宅樓宇 (apartment and unit) 的問題。由於悉尼和墨爾本的住宅樓宇比較多，所以比較多有問題的例子。先從較小的問題說起，那就是漏水。其中一宗在 2019 年，悉尼 Parramatta 區一棟由大型發展商開發的高級住宅漏水，漏到其中一戶要暫時搬走，而樓齡並不高。墨爾本方面，在 2019 年，一棟位於市中心 Southern Cross 火車站附近的住宅漏水，約 1000 人要疏散。較嚴重的問題主要是住宅樓宇包層物料問題。有問題的包層是含聚乙烯 (polyethylene) 的鋁塑板 (aluminium composite cladding)，是一種可燃性樓宇包層物料。根據 ABC News，悉尼有超過 1000 棟有用這個物料的樓宇需要進行評估，而墨爾本則有約 500 棟樓宇需要更換包層。來到住宅樓宇最大的問題，就是大廈結構問題。最為人所知的是悉尼 Olympic Park 區的一座住宅；於 2018 年懷疑出現問題。有人聽到巨大斷裂聲，多個單位出現多道裂痕，而且部分牆壁有剝落，住戶被疏散到附近暫住數星期。位於悉尼 Mascot 區的一座住宅大廈，於 2019 年懷疑出現結構問題，發現裂縫，並且下沉，住戶被疏散。還有其他懷疑有結構性問題的住宅，正在調查。

買樓的話，除了看報告和新聞，建議實地檢查清楚，並尋求專業意見。

公眾假期

有上班，就應該有假期。公眾假期在澳洲並不完全統一。Australian Day、Christmas、Easter 等假期是全澳一起放假的，但勞動節等則每個州及領地都不一樣，還有它們自己特定的假期例如：Melbourne Cup 假期，只限於維多利亞州。另外，我覺得澳洲的公眾假期比較顧及大家放假的心情。因為這裡的假期很多是特地連著週末的，這種假期我們叫 long weekend，所以遠行的機會比較多。也正因如此，每年放假的日期都不一樣，最好年頭就先查一下政府網頁。有一點值得注意的是，遇上 Easter 和 Christmas 這兩個長假期，根據每個州及領地不同，通常有幾天所有店，包括連鎖店、大型超級市場，均不營業。尤其是 Christmas，12 月 25 日，這天就像中國的農曆新年年初一，幾乎完全沒有店會開。遇上這些假期，最好事先存點食物。比起香港，這裡的確沒那麼方便，但是卻比較人性化，連零售服務餐飲的工作人員也可以一起放假。

如果你在 office 工作，有些公司會在 Christmas 強制放假，那些假期有可能要用你的年假抵掉，當然也有些良心公司會直接給你放多幾天假。不少 office 會在 Christmas 公眾假之後放多一個到四個星期不等。至於做零售的情況則相反，連放幾天的公眾假期，通常有一天大部分店會關，另外幾天則有機會要加班。要記得公眾假期加班薪金是最少雙倍的，這是僱員權益。

買車 + 考車牌 - NSW

　　澳洲是一個平均人口密度比較低的國家，所以公共交通網絡相對亞洲大部分地區較不完善，不懂開車的確會對生活造成不便。再加上，在澳洲，有時候乘坐公共交通還比開車貴。

　　這邊流行二手車。在澳洲"Carsales"算是最大的二手車買賣網站，大部分賣車的人都會把車放到這網站賣。賣家會根據每輛二手車的年份、品牌、公里數等，釐訂價格。大概 6 千到 1 萬澳幣，就能買到一輛大眾用車，我個人看車通常選擇 6-8 年新，10 萬公里以下的日韓車，我覺得用來代步的話就足夠了。歐洲車不買比較新的話，一壞起來就要花很多錢去維修。想要最便宜的二手車，見過幾百到兩千澳幣的也有，當然是一分錢一分貨。購買二手車的話，要特別小心，要看清楚車輛有沒有問題。有一樣要注意的是買二手車之前，最好先查一下那輛車的基本資料，例如：有沒有重大交通意外發生過、是不是失車等等… 車上面有一個 17 位的 Vehicle Identification Number (VIN)，網上有很多網站，可以用這個數字查到部分資料。

　　新車的話，據我自己的經驗，這邊賣車的很多是"Dealer"，就是他們拿了一個車品牌的行貨，以該品牌的名義在賣，而不是該品牌直接出售。這就是為甚麼除了白色以外，很多時候買其他顏色的車都要加錢。因為他們進貨都是進白色的，其他顏色要再噴色。還有一樣就是，買新車，是可以講價的，而且還可以要求他們送配件。所以看車之前，要先做好資料蒐集，看看網站上有甚麼原廠配件需要，不要懶，多去幾間車場對比價格。

　　考車牌方面，每個州及領地都有自己的規定。以下的內容適用於普通私家車考牌。在新南威爾士州，如果你只是遊客而持有香港駕駛執照 / 國際駕照的話，其實不需要考車牌。除非拿到永久居民身分，就要在 3 個月內考回當地駕照。這種情況，如果本來就持有香港駕駛執照超過 12 個月，並年滿 25 歲，可以直接換成澳洲駕照；如果沒有的話就要考一個 "Driver Knowledge Test" – 筆試，再考一個 "Driving Test" - 路試，才可以轉。

我來澳洲之前，沒有任何駕駛執照，所以是從零開始。其實有點後悔來之前沒有先拿到駕照。從零開始在澳洲大部分州份及領地考車牌，就要帶 3 年 P 牌。新南威爾士州整個考牌過程大概如下。第一步是筆試，所有人都一樣，考過了會給你一個 "Learner License"，成為 "學神"。第二步是學車。25 歲以下人士，需要持有 Learner License 最少 10 個月，而且完成 120 小時駕駛經驗包括 20 小時晚上駕駛，並由持有 "Full License"（沒有帶 P 的本地駕照）的人填寫紀錄簿（log book），才可以進行下一步。25 歲以上並沒有上述要求。所有 Learner License 持有者都可以在路上開車，但必須有 Full License 的人在副駕駛位陪同，限速 80 km/h。

學車方面，有很多教車公司，練習不同的考試路線，選教練的時候，記得選一個有教你想考的路線的人，因為每條路線都會考不同的技術和路規。在悉尼，教練價格由大概 $55 - $85 AUD 一小時不等。我自己只上了四小時的課，剛開始學兩小時，最後考之前學兩小時。中間是找有 Full License 的朋友們陪我練習。其實這樣，比在香港考車牌便宜不少。

學好車之後，就到第三步，是一個電腦試 - Hazard Perception Test (HPT)。內容就是由一些情景，測試甚麼時候要減慢速度，甚麼時候要前行。考過了，就走到最後一步 - "Driving Test" - 路試。路試成功通過，就能獲得 "P1 Driver's License"，俗稱 "紅 P"。隨後就是等時間了。紅 P 一年後可以轉綠 P (P2 Driver's License)，綠 P 兩年後可以轉

Full License。所以在 NSW，從零開始到取得一個正常的駕駛執照，最少需要三年。

P.S. 由於每個州及領地都有它自己的規定，以上的所有考車資料，只適用於 NSW。而 VIC 的規定和 NSW 相似，詳情請到政府部門的網站查閱。

租車旅行

去旅行的時候，很多朋友會租車。澳洲的六大租車公司是：Avis、Budget、Enterprise、Europecar、Hertz 和 Thrifty。 價格和服務上都差不多，沒有特別推薦哪間。主要是看你想取車和還車的地點有沒有分店。租車最好買保險，如果你是 P 牌，保險費會比較高。網上面有不少租車中介，就是那種可以比較各租車公司價格的網站，不建議在這類網站租車，因為他們的網站有機會沒有實時與租車公司的網頁更新。比如說，Toyota Camry 明明在某租車公司租滿了，但你仍然可以在中介的網頁租到該公司的那款車。結果就是，取車的時候才知道沒有車。要是租車公司當場沒有你要租的車，就可能要 downgrade 或 upgrade。Downgrade 會退差價，upgrade 通常是免費的，當然也要看每間公司的處理手法。這種情況還算好，試過有一次去到租車公司才知道只剩棍波車，一輛自動波都沒剩。幸好同行有人懂開棍波車，不然就只能退款，再找其他公司。還有就是要注意取車門店的關門時間，有部分店關得比較早。

Chapter
6

簽證及移民

雖然已經找了中介，也不要完全依賴他們。
最好還是自己要大概了解簽證情況。有時
候，A 中介和 B 中介說的東西會不一樣。有
朋友因為中介公司漏看資料，簽證被拒。

簽證及移民

　　澳洲的簽證類別繁多，部分簽證類別再有細分類，非常複雜。大部分人都是先申請短期簽證入境，再申請移民的永久居留簽證。在澳洲申請簽證，大部分都需要在移民局網頁開設"immi account"。在該帳號裡，你可以申請任何一類簽證。除了旅遊簽證、工作假期簽證和學生簽證外，大部分其他簽證都可以有副申請人。以下會簡單介紹一些比較多人申請的簽證和總括身邊朋友的經驗。

小 Tips

- 除了旅遊簽證之外，幾乎申請任何一類簽證都需要照肺，澳洲特別重視肺癆這個病。肺部一旦有陰影，簽證就會十分麻煩。有朋友咳嗽一個月之後，在簽證體檢中，有一次肺部找到一點陰影，即使複查多次後都證明沒有肺癆，但當時續的簽證和之後申請永居簽證，都因為這個原因，拖了很久。還有一些抽菸的朋友，肺部也照出有陰影，也是審批簽證時間比較長。
- 除了工作假期和旅遊簽，申請其他簽證，很多時候會找中介。雖然已經找了中介，也不要完全依賴他們。最好還是自己要大概了解簽證情況。有時候，A 中介和 B 中介說的東西會不一樣。有朋友因為中介公司漏看資料，簽證被拒。無論如何自己要常跟進，我自身經歷過因為中介漏看了移民局的郵件，所以差點遲了補交資料。

短期留澳

　　短期簽證或臨時簽證，就是沒有永久居留權的簽證，但可以短期留在澳洲。短期簽證的種類繁多，有部分可以作為申請永久簽證的基礎。除了旅遊簽證之外，一般的短期簽證都需要體檢，尤其是照肺；而醫療保險，也是硬性規定的。

** 聲明：以下所有簽證資料僅供參考。所有資料以澳洲 Department of Home Affairs (澳洲處理簽證及公民申請的部門) 為準。移民政策隨時會更改。詳細簽證規定請向澳洲移民律師及顧問查詢。

旅遊簽證 Electronic Travel Authority

一般的旅遊簽證，申請非常簡單。持香港護照，可以在澳洲 Department of Home Affairs 網頁申請一個叫 ETA (Electronic Travel Authority – subclass 601) 的簽證，即時或兩三天就會知道批核結果。簽證費也只是幾十澳幣。簽證批出後，可於 12 個月內多次來回澳洲，但每次不能逗留多過三個月。

- 持有這個簽證入境，是不可以工作的。有朋友持有這個簽證，在入境時被查電話，查到有關在澳工作的訊息，結果被罰三年不能進入澳洲。
- 詳情請參閱澳洲 Department of Home Affairs - Electronic Travel Authority (ETA) 網頁。

工作假期簽證 Working Holiday Visa

做這個工作假期簽證完全不複雜，只要年齡界乎 18-30 歲（ 31 歲前 ），有來回機票 / 證明有足夠金錢買回程機票，有大約 5 千澳幣存款，就可以申請。遞交申請後，因應不同的個案，簽證官會要求補交不同的資料。肺部 X- 光是必須的，他會在審理你的個案後，電郵你需要補交甚麼資料。收到電郵後，就可以拿著那封信去指定的診所照肺。有朋友申請時，健康評估部分只收到肺部 X- 光的通知信；但是也有朋友被要求檢驗其他東西，比如驗尿。所以，每個個案會有不同。而簽證獲批後，會收到移民局電郵通知，憑該電郵和護照就可以入境。

工作假期簽證一般是一年，如果第一年做過三個月的特定工作 (specific work)，如：農場，則有機會可以申請第二年的簽證。如果在第二年簽證期做過半年的特定工作，就有機會可以申請第三年的簽證。

還有很重要一點要注意的是，拿香港特區護照或 BNO 的朋友，申請的簽證種類是 "Working Holiday Visa" (subclass 417)。不要申請了另外一種工作假期簽證。工作假期簽證在澳洲有兩種，一種是 "Working Holiday Visa" (subclass 417)，開放給香港、台灣、韓國、日本等地；另外一種是 "Work and Holiday Visa" (subclass 462)，開放給中國 (香港除外)、越南、星加坡等地。所以申請時要看清楚，不要選錯。

學生簽證 Student Visa

學生簽證 Student Visa – subclass 500，是一個很常用的短期簽證。當局會根據課程的長短，而審批不同長度的學生簽證。一般的申請流程是先向心儀學校申請入學，拿到 offer 後就可以向移民局申請簽證。

澳洲的教育制度也是分兩種模式。一種是傳統的中學上大學模式，從小學 Year 1 一直讀到中學的 Year 12，就可以考大學。另外一種是，在中學讀完 Year 10 後，就可以選擇讀職業培訓的課程。澳洲的 Year 10 等於香港的中四 / 中五 / 中學會考 (HKCEE) 程度。澳洲的 Year 12 相等於 DSE 或香港高考 (HKAL) 程度。在澳洲，職業培訓的課程分為六個階段，最低的是 Certificate I，之後是 Certificate II、III、IV，然後就到 Diploma，最後是 Advanced Diploma。當然 Advanced

Diploma 之後還是可以選擇升讀大學。大學的階段和其他國家大致一樣，先是學士 (Bachelor Degree)，然後可以選擇修讀 Graduate Certificate / Graduate Diploma 或碩士 (Master Degree)，然後就是博士 (PhD)。

比較多國際學生選擇職業培訓或直接來澳讀大學。每間學校收生的準則都不同，除了本來的學歷以外，英文能力也會計算。就職業培訓而言，考到 IELTS（雅斯英文考試）總分 6 分，細分不少於 5 分，就應該問題不大；當然也有部分學校收生要求比較寬鬆。至於大學方面，IELTS 總分 6 分幾乎是基本的，個別課程會有不同的要求。

選擇學校方面，澳洲最大和認受性較高的職業培訓院校是 TAFE，全國有幾十間分校。至於英文程度稍遜或希望學費比較便宜的朋友，其實市面上也有很多其他院校，建議向留學顧問查詢。大學的排名，可以參考 QS World University Rankings、THE World University Rankings 等等的網頁。根據以上兩個排名，2019 年總評分頭三名（排名不分先後）的澳洲大學是 The University of Melbourne（墨爾本大學）、The Australian National University（澳洲國立大學）和 The University of Sydney（悉尼大學）。

至於申請哪個課程，興趣固然很重要，但是如果你考慮來澳移民的話，這可能是整件事的第一步，亦是重要的一步。首先，建議選讀的課程是 "CRICOS-registered course"，CRICOS 登記的課程在讀完之後有機會可以申請 Temporary Graduate Visa 短期畢業簽證，詳情會在下文介紹。然後，就是選擇可以對應到 Skilled Occupation List (SOL) 技術職業表的課程就讀。列表裡是有機會可以申請工作簽證的職業，詳情會在下文介紹。

小 Tips
- 澳洲境內申請學生簽證，有些留學顧問是不收取顧問費的 (因為有些學校會給佣金)，當然其實這個簽證可以自己申請，資料不繁複。
- 課程出席率不到 80% 可能會影響簽證。
- 這個簽證要求申請者購買海外學生健康保險。比較多人用的是 Bupa 澳洲的海外學生健康保險。一般單人年費約 AUD $500+，但價錢視乎個案而定。請直接向保險公司查詢。
- 學生簽證有工作時數限制，每兩星期不可多於 40 小時，星期一為計算的首日。
- 監護人、同居關係和夫妻關係都可以申請陪讀簽證 subclass 590，其實部分親戚也可以，但批不批就要看簽證官了。詳情請參閱澳洲 Department of Home Affairs 網頁。

畢業簽證 Temporary Graduate Visa

持學生簽證在澳修讀課程最少兩個學年，就有機會可以在畢業後申請畢業簽證 Temporary Graduate Visa – subclass 485。這個簽證容許持有者在澳洲生活和工作。這個簽證有兩個組別：Graduate Work stream 和 Post-Study Work stream。Graduate Work stream 讓讀完 Skilled Occupation List 技術職業表內相關課程的同學申請，一般情況簽證最多只有 18 個月。Post-Study Work stream 則讓讀完 "degree" 課程的朋友申請，即學士、碩士和博士的畢業者。其課程必須是 CRICOS-registered course，一般情況簽證長度約為 2-4 年。

很多人會利用這個簽證給予的留澳時間，爭取永久居留身分，例如：考英文、讀翻譯、找僱主擔保等等⋯ 詳情會於下文介紹。

小 Tips - 在偏遠地區讀書的同學,於 2021 年,將有機會申請第二個畢業簽證。

臨時工作簽證 Temporary Skill Shortage Visa

這個簽證容許持有者在澳洲工作。簽證類別為 subclass 482,於 2018 年 3 月 18 日正式生效,取代舊有的 subclass 457。這個簽證分為三個組別,Short-term stream、Medium-term stream 和 Labour agreement stream。

Short-term stream 適用於受僱的職業在 Short-term Skilled Occupations List (STSOL)(短期技術職業表)裡面的人士。一般簽證期為兩年,除非符合特定條件,才有機會批出四年的簽證。Labour agreement stream 是通過勞工協議而引入海外工人,這些僱主已經和政府有協議,可從外地聘請特定數量的員工,一般申請者不會用到這個種類。Medium-term stream 是最多人用的一種,因為這種簽證在持有三年後,有比較大的機會能申請永久居留身分。這個組別適用於受僱的職業在 Medium and Long-term Strategic Skills List (MLTSSL)(中長期技術職業表)裡的人士。

這項簽證要求比較多,這裡只會列出主要要求。其中包括,需要兩年高度相關的全職工作經驗,和找到澳洲僱主擔保。找澳洲僱主擔保是這個簽證最大的難題;如果持有畢業簽證或學生簽證,之後想轉這個簽證的話,可以考慮先做實習生。除此之外,部份職業還需要通過 Skill assessment(職業評估);不同的職業,會由不同的機構提供考核,從而得到職業評估證明。基本的英語要求也是要達到的;需要在 IELTS(雅思英文考試)中總分取得 5 分, Short-term stream 細分不低於 4.5,Medium-term stream 細分不低於 5。另一個在澳洲比較多人用來移民的英文考試是 PTE Academic，要求是總分不低於 36 分，Short-term stream 細分不低於 30，Medium-term stream 細分不低於 36。兩個考試模式差別很大，所以大家可以有多一個選擇。

申請流程，如果是從零開始的話，有三個步驟。先是審核公司是否合資格擔保僱員，包括公司規模、財政狀況、僱員有多少個永久居民或公民等等；還有，擔保僱員的公司需要支付培訓費給澳洲 Skilling Australians Fund (SAF)。再是審核申請的職位，例如：公司是否需要該職位、該職位在澳洲是否找不到本地人做等等… 最後才是審核申請人是否合資格。有些公司已經有僱員擔保資格在手的話，申請程序就會快一點。

- 申請工作簽證的審批程序，前兩步其實是審核公司，不是審核僱員。要是前兩部分其中一個被拒簽，第三部分一定會被拒簽。一旦知道前兩部分被拒，建議立即查詢中介。有朋友遇到過這個情況，中介建議的做法是立即電郵移民局放棄簽證，以免自己有被拒簽的紀錄。前兩步是審核公司，所以被拒只是拒簽了公司。如果自身有被拒簽的紀錄，以後申請任何簽證都可能有麻煩。
- 身邊有不少人拿工作簽證，但事實是無論是短期，還是永久類的工作簽證，大部分肯提供僱員簽證的公司，薪金能達到市場價已經算不錯。

臨時偏遠地區簽證 Regional (Provisional) Visa

最近，政府有意推動偏遠地區的發展，於 2019 年 11 月實施了兩個新的偏遠地區簽證，分別是 Skilled Work Regional (Provisional) visa (subclass 491) 偏遠地區臨時獨立技術移民

簽 證 和 Skilled Work Regional (Provisional) visa (subclass 494) 偏遠地區僱主擔保臨時工作簽證，均為 5 年的臨時簽證。

偏遠地區臨時獨立技術移民簽證 (subclass 491) – 類似獨立技術移民 (subclass 189) 的計分方法，而這個偏遠地區簽證現時只要夠 65 分就可以遞交申請。(* 詳細計分方法於下文 "獨立技術移民 Skill Independent Visa" 章節中有詳細介紹。) 申請人需要得到偏遠地區州擔保，或由居住在偏遠地區的合資格家庭成員擔保，才可申請此簽證。申請人取得簽證後，需要在指定的偏遠地區工作及居住滿 3 年，才有機會轉永久簽證。

另外一個新的偏遠地區簽證是偏遠地區僱主擔保臨時工作簽證 (subclass 494)。申請要求與臨時工作簽證 (subclass 482) 相似 (*subclass 482 簽證詳情可參閱上文 "臨時工作簽證 Temporary Skill Shortage Visa" 的章節)，但需要在偏遠地區找到僱主擔保，持有簽證 3 年，就有機會轉永久簽證。

於 2022 年 11 月將會推行一個偏遠地區永久居留簽證，Permanent Residence (Skilled Regional) Visa (subclass 191) - 以上兩個臨時簽證的持有者，有機會可以申請這個永久居留簽證。

*** 偏遠地區 (regional area)，以有關當局在 2019 年 3 月公布的定義是，除悉尼、墨爾本、珀斯、黃金海岸及布里斯本以外的地區。

如何移民？

澳洲泛指的移民，其實是取得永久居民身分 (Permanent Resident)，而這個永久居民並不等於公民 (Citizen)。持有永久居民簽證的就已經算是移民成功。永久居民類簽證一般有效期五年，每五年需要續簽一次。續簽對於在境內的時間有要求，需要五年內在澳洲居住滿兩年。大致上，除了沒有投票權之外，其他的福利和公民沒有太大分別。通用的申請材料方面，除了個人資料外，體檢也會比短期簽證繁複；除了照肺之外，還需要驗尿、驗血、測體重等。以下會介紹一下永久居留的長期簽證。

** 聲明：所有簽證資料僅供參考。所有資料以澳洲 Department of Home Affairs（澳洲處理簽證及公民申請的部門）為準。移民政策隨時會更改。詳細簽證規定請向澳洲移民律師及顧問查詢。

永久類工作簽證 Working Visa

其中一種永久類工作簽證，也是比較多人申請的 Employer Nomination Scheme (ENS) visa (subclass 186)。大致上，這項簽證的要求和上文提到的 "臨時工作簽證" 差不多，比較適合有較多工作經驗的人，而申請人需於 45 歲前遞交申請。這個簽證最大的難度是找到肯擔保你的僱主。這類工作簽證分三個組別，Labour Agreement stream、Temporary Residence Transition stream 和 Direct Entry stream。

Labour Agreement stream 上文解釋過，不適用於一般申請者。Temporary Residence Transition stream 是用於部分持有舊臨時工作簽證 (subclass 457) 的持有者，或是部份持有臨時工作簽證 (subclass 482) 工作最少三年的持有者，轉永居；457 簽證已於 2018 年 3 月被新簽證取代。Direct Entry stream 是用於就職的職業在 Medium and Long-term Strategic Skills List (MLTSSL)（中長期技術職業表）中的人士。申請主要要求的項目其實和臨時工作簽證相似，但每項的要求都高一些。需要有三年高度相關的工作經驗，IELTS（雅斯英文考試）達到四項 6 分 / PTE Academic 四項 50 分。當然，部份職業一樣需要

Skill assessment – 職業評估。

　　申請流程和臨時工作簽證大致一樣。可參閱上文。此外，還需要額外提交無犯罪證明和永久居民申請表。

- 不要以為以臨時工作簽證工作滿三年，就一定可以申請永久居留。萬一做夠三年，但你的職業被踢出 Medium and Long-term Strategic Skills List (MLTSSL)（中長期技術職業表），就可能無法申請永居。Skill Occupation List（技術職業表）會因應情況而更新。

獨立技術移民 Skill Independent Visa

　　這又是其中一個最多人申請的永久居留簽證 (subclass 189)。相對來說，這個簽證比較容易理解。要求看似不難也不多，但其實要符合要求，也不是那麼容易。基本要求是，需要通過職業評估，以 Skill Occupation List 技術職業表內的職業申請，英文基本要求也是 IELTS 四項 6 分或同等，還有最重要的是拿到申請這個簽證的 Invitation（邀請）。邀請由 Department of Home Affairs 發出，是一個計分系統，最低的分數要求是 65 分。這個邀請是以分高者得的模式發放，比如 A 先生之前以 65 分遞交申請，但 B 先生現在以 80 分遞交申請，當局還是會優先發放 B 先生的邀請。所以這個簽證最大的難度是拿到當局的邀請 – 拿高分。

　　除非你有多年相關工作經驗，否則這個簽證比較適合有在澳洲讀書的人。年齡、學歷、工作經驗等均列入計分範圍。以下是部分計分要求。

	分數
年齡	
18-24 歲	25 分
25-32 歲	30 分
33-39 歲	25 分
40-44 歲	15 分
英文程度	
Proficient English 即 IELTS 四項 7 分或同等	10 分
Superior English 即 IELTS 四項 8 分或同等	20 分
海外工作經驗	
三年或以上	5 分
五年或以上	10 分
八年或以上	15 分
澳洲本地工作經驗	
一年或以上	5 分
三年或以上	10 分
五年或以上	15 分
八年或以上	20 分
學歷	
經機構認證的資格	10 分
澳洲教育機構頒發的學士或以上學歷	15 分
澳洲教育機構頒發的博士	20 分

其他：

- 在澳洲全職讀書最少兩個學年並畢業 – 5 分

- 職業年 (Professional Year)^ – 5 分

- NAATI 翻譯試認證 – 5 分

- 在偏遠地區全職讀書最少兩個學年並畢業 – 5 分

- 配偶年齡少於 45 歲，IELTS 有四項 6 分或同等，與申請人在同一移民職業內申請同類簽證，並通過相關職業評估（配偶不是澳洲永久居民或公民） – 10 分

- 配偶英文水平達到 IELTS 四項 6 分或同等（配偶不是澳洲永之居民或公民）－ 5 分
- 單身 / 配偶是澳洲公民或永久居民 - 10 分

　　^ 職業年只適用於會計、IT / 電腦 或 工程相關的職業，是一個為工作做準備的 part time 課程

　　* 詳細及完整的計分列表及方法，請參閱 Department of Home Affairs 的 Points table 網頁

　　還有一個簽證 Skilled Nominated Visa (subclass 190)，也是獨立技術移民的一種，這種簽證計分方法和上述簽證一樣，但需要拿到州擔保。換句話來說，就是申請的職業符合以上條件之餘，在你申請的州份，還特別需要這個職業，就有機會拿到州擔保。

　　這裡想要提一下的是，申請者是分申請的職業而排隊的，而每個職業每年都有不同的配額。近年比較熱門的職業是會計和 IT / 電腦。當局於每月的 11 號左右發放一次邀請。澳洲的財政年是每年 7 月 1 日開始，部分熱門的職業邀請通常於 5 月就派發得差不多了，隨後派發速度會減慢。雖然最低分數要求是 65 分，但以這個分數是很難拿到邀請的。根據澳洲 Department of Home Affairs 的 Invitation Rounds 網頁資料顯示，2019 年 10 月到 2020 年 4 月期間，熱門會計職業最低邀請分數是 85，IT / 電腦是 80。Department of Home Affairs 的 Invitation Rounds 網頁會定期更新數據，有興趣的朋友可以到網上查閱。

　　申請流程方面，需要湊夠最低要求的 65 分，才可以遞交 Expression of Interest (EOI)，排隊等當局的邀請 (Invitation)。期間如果取得多一點分數，就可以更新資料。拿到邀請後，需要回覆接受邀請。隨後就是提交個人資料、無犯罪證明和表格，這樣申請就大致完成。

配偶簽證 Partner Visa

這個簽證不難理解，就是讓澳洲永久性居民、公民，或合資格的紐西蘭公民，申請配偶來澳定居，以結婚 (Marriage) 關係或同居 (De facto) 關係均可以申請。簽證分境外申請和境內申請。這個簽證最大的難度是讓移民官相信該段關係的真實性。有一點值得注意的是，以同居關係申請，正常情況下，需要最少 12 個月的同居時間。除了一般的身分證明文件之外，結婚證 (marriage certificate) 或同居證明 (relationship certificate) 亦非常重要。其他的證明可以是：聯名戶口、住址證明、找最少兩個永久居民或公民填表 (statutory declaration) 證明關係、簡述兩人關係、經濟及家務分配、證明有共同朋友、照片、一起旅遊的機票等…

這個簽證比較特別的地方是遞交申請的時候，需要一次過遞交兩個簽證的申請，一個是臨時簽證，另一個是永久簽證。不能只申請臨時簽證，而獲得永久簽證的其中一個條件是必須持有臨時簽證。

以境內申請為例，申請流程是準備好資料後，一同申請 Partner visa (Temporary) 臨時配偶簽證 (subclass 820) 和 Partner visa (Permanent) 永久配偶簽證 (subclass 801)。臨時簽證會先批出，正常情況下在遞交簽證申請的最少兩年後，永久簽證才會批出。境外申請的臨時配偶簽證為 (subclass 309)，永久配偶簽證為 (subclass 100).

其實還有一種配偶簽證名為 Prospective Marriage Visa 未婚夫妻簽證 (subclass 300)，也是一個臨時簽證，可以在境內逗留九個月。在九個月內結婚，就可以申請上文的臨時和永久簽證。

小 Tips

- 在澳洲同居一樣是一種認可的關係，同居關係是可以註冊的，手續會比在澳洲結婚簡單。要註冊一段同居關係，每個州細節上可能有所不同。以新南威爾士州為例，只需要填好申請表，並攜帶所需文件，例如：身分證明文件和住址證明等，到 Registries of Births, Deaths and Marriages 處面見註冊主任就大致完成。當然註冊關係的正式生效日期，是在 28 日冷靜期後。同居關係證書會於 30 日後郵寄給申請者。
- 申請結婚證明的程序比較繁複，也是每個州會有不同，新南威爾士州及維多利亞州的程序大致相同。只需準備身分證明文件，先到該州的婚姻註冊處面見及登記；面見後一個月至一年半內舉行婚禮正式簽紙，就算是正式結婚。
- 申請配偶簽證時，建議資料儘量準備好一點，身邊有幾個朋友都有被拒簽的經驗。
- 境內申請，當局有機會上門調查關係真實性，也有機會電話調查。境外申請則有機會電話調查。
- 每個擔保人一生只有兩次機會擔保配偶。
- 申請人必須為 18 歲以上。
- 同性婚姻已經在 2017 年於澳洲合法化，所以以上簽證接受同性申請。
- 這個簽證的簽證費比較高，2019 年 7 月為 $7715 AUD。

其他簽證相關事項

其他簽證

　　澳洲還有其他簽證，例如：父母簽證 (Parent Visa)、過橋簽證 (Bridging Visa)、投資移民 (Investor Visa)、難民簽證 (Protection Visa) 等。

　　父母簽證是由永久居民、公民，或合資格的紐西蘭公民擔保父母來澳洲定居，可以分為付費類和非付費類。如果家裡有三個或少於三個兄弟姊妹，其父母必須有最少一半的子女在澳洲永久居住才合資格申請。非付費類父母簽證 (subclass 103)，等候時間很長，需要等候多年。付費類父母簽證 (subclass 143) 等候時間比較短，但也需要幾年。這個簽證的費用，於 2019 年 7 月為 $ 47,755 AUD，之後可能會再加價。

　　過橋簽證是轉簽證時的簽證，是之前的簽證已過期，但之後的簽證還沒批出的時候，容許申請者留在澳洲的簽證；也分很多類。大家比較常用的是 A 和 B 類。A 類通常是人在澳洲境內，前一個簽證過期，又遞交了新申請，新簽證沒有批核時，自動變成的簽證，這類簽證不可以出境。想出境就要把過橋簽證變成 B 類。A 轉 B 類的方法很簡單，只需要填妥申請表及交好轉簽證的費用，一般兩星期內就會批出簽證。

　　投資移民分幾個組別，各有不同資金要求，詳情可參閱 Department of Home Affairs 網站。

　　難民簽證差不多是那麼多個簽證裡面最多分類的。受到迫害、有聯合國難民署推薦、戰亂等等原因，都有機會可以申請這個簽證。簽證沒有英文程度、年齡等要求。

簽證上訴

簽證被拒簽，其實有機會可以上訴，當然，不是每一個個案都有上訴資格。合資格人士，可以到 Administrative Appeals Tribunal (AAT) 申請上訴，建議尋求移民律師或移民中介協助。Administrative Appeals Tribunal (AAT) 是一個獨立於政府的機構，可以上訴部分簽證、稅務、福利申請等裁決。

如果簽證被拒又可以上訴的話，拒簽信上面會寫明需要在多少天內申請上訴，必須在指定時間內遞交申請。申請人遞交上訴後，AAT 可能會要求申請者提供更多資料、和申請者面談等；最後會進行審訊。在審訊後，才會得到結果。如果上訴成功，可以退回部分上訴申請費。

香港無犯罪證明

申請任何一個永久居留簽證，除了個人資料之外，無犯罪證明也是必須的。申請香港的無犯罪證明需要比較長的時間。香港的無犯罪證明，需要收到移民局的補交資料信，才可以向香港警務處申請。需要的基本資料：無犯罪紀錄證明書申請表、同意接受套取指模書、香港身份證、澳洲當局發出的補交資料信及申請費等。如果人在香港，會好辦一點，只需要提供上述資料，並到警務處網上預約，取手指模和辦理就可以。如果人在澳洲，就會麻煩很多。首先要到郵局買掛號信封，連同以上所需資料，到澳洲任何一間警署取手指模，並把所有資料交給警署人員，警署人員會寄出給香港警務處。然後把掛號郵件編號及其他資料，回覆要求補交資料的移民局電郵。香港方面會於約四星期時間，把結果直接寄給澳洲移民局。要注意的是在澳洲找警署取手指模時，不要去太繁忙的警署，而且可以選擇平日的凌晨去。我當時找了三間警署，才有人有空幫我取手指模。

Justice of Peace 簽署文件

　　申請簽證時，部份文件需要 Justice of Peace 太平紳士 (JP) 簽署公證。JP 的當值時間表可以在網上查閱，一般公共圖書館定時有 JP 當值。

如何成為公民？

　　在澳洲，擁有永久居留權並不等於是公民。需要在澳居住滿四年；並在取得澳洲永久居留身分 - 俗稱 "PR" (Permanent Resident)，最少一年後；才可以申請成為公民 (Citizen)。

　　申請成為公民的程序，相對申請簽證簡單一點。申請時，需要提供身分證明文件、無犯罪紀錄證明及申請表等資料；還有需要遞交兩張證件照，而證件照需要找人認證，填寫一份 Identity declaration。能填寫這份文件的人必須是澳洲公民，而且是 Identity declaration 職業名單上的其中一個職業，不可以是夫妻、同居或有血緣關係，認識申請者最少一年。可簽署文件的職業可以是醫生、律師、太平紳士等，職業全列在 Identity declaration 文件內。這個時候，真的能驗證到出外靠朋友的道理，如果你來這裡不久，可能會有點難度；真的沒有辦法的時候，可以試一試找家庭醫生寫。

　　遞交申請之後，需要考公民試。考試內容可以到 Department of Home Affairs 網頁查閱。當局有提供考試書和考試光碟，申請者可以索取資料溫習。考試是以電腦試選擇題的模式進行，20 條題目，需要 75% 正確率才算及格。如果考試及格，當局審查後又沒問題，就會收到準批信。這不代表已經成為公民；要成為公民，必須要宣誓。獲批後，要在公民典禮裡面宣誓，才是正式的公民。

　　** 聲明：以上所有簽證資料僅供參考。所有資料以澳洲 Department of Home Affairs (澳洲處理簽證及公民申請的部門) 為準。移民政策隨時會更改。詳細簽證規定請向澳洲移民律師及顧問查詢。

玩！悉尼 + 新南威爾士州

悉尼是我到澳洲第一個踏足的地方。在這
裡，住了幾年，差不多把新南威爾士州大部
分的景點都玩過了。以方便玩和多東西玩來
說，這裡算是一個不錯的州份。天氣好，可
以常去戶外活動，而且有悉尼這個大城市，
城市活動也比較多元化。

藍山 Blue Mountain

我離開 home stay 之後，搬到了鄰近的一個區，租了一個小房間。那個區是悉尼的第二個市中心 (Second CBD) - Parramatta，在悉尼的西邊，距離藍山只需一個多小時的車程，所以我常常去藍山徒步。

在藍山，一般遊客必去的景點名為 "三姊妹" (Three Sisters)。其實就是三塊天然打造的人型石頭，在山中並排一起，好像三姊妹一樣。原理有點像香港獅子山的望夫石。這裡最好而免費的觀景台在 Echo Point。前往山區，當然建議自駕遊，這區域的公共交通非常有限。選擇假日前往的朋友，找車位要有耐性。如果坐火車，可以在市中心 Central Station 乘坐 Blue Mountain Line，往 Blue Mountain 方向到 Katoomba Station 下車，火車大約一小時一班，如果從市中心出發的話大概需要 1 小時 45 分鐘。下車後可轉乘觀光巴士或步行，從火車站步行到 Echo Point 大約 25 分鐘。

▲ Echo Point

▲三姊妹石

小貼士　　Katoomba 附近的餐廳個人認為大部分都一般，如果想省錢，建議自備午餐。

如果喜歡遠足的話，藍山是一個很好的選擇。它不是一個單一的旅遊景點，而比較像一個很大的旅遊區域，山連山的看上去就好像藍色一樣。這裡有很多不同難度的行山徑。在藍山國家公園 (Blue Mountain National Park) 的網站上，有標明每條行山徑的難易程度和需要的時間，可以參考一下。如果平時沒有行山的習慣，又想徒步一兩個小時，運動一下的話，我推薦在 Wentworth Falls Station 下火車，去 Wentworth Falls Lockout Track 行山。這條行山徑與多條其他行山徑連接，所以除了可以欣賞瀑布美景之外，還可以隨時控制你要走的路線和時間。此外，大家不用太擔心會迷路，因為在行山徑的每個分岔口都會有很清楚的指示牌。平時有行山的朋友，可以挑戰一下 National Pass Walking Track 行山徑，難度系數比較高，從 Wentworth Falls 也可以進入這條行山徑。

▲ Wentworth Falls Lockout Track

▲ National Pass Walking Track

▲ Wentworth Falls 行山徑入口停車場位置

　　此外，雖然澳洲有不少可以看到海的露營地點，但是如果你想撿木頭燒烤，在高樹的縫隙中欣賞滿天星星，那麼藍山就是一個不錯的選擇。和行山徑一樣，藍山有很多營地 (campsites)。想去露營，就要到藍山國家公園的網站預訂。遇上假期可能會訂滿。在這些露營點裡面你會看到很多平時看不到的生物，比如說 1.5 米長的蜥蜴和小袋鼠。袋鼠在澳洲為數很多，有些是小的，不傷人；有些比人還高，還有腹肌，會打人。在藍山，大部分都是小袋鼠，見到牠們建議不要餵食，怕牠們會一群出來搶食物。袋鼠其實很聰明，牠們會咬蘋果，甚至把我們的薯片打開來吃。所以如果你已經見過袋鼠，選擇一個沒有袋鼠的露營地點會比較好。

　　在這我推薦 Euroka campground。我沒有在這個營地見過袋鼠。那當然，食物還是放到帳篷裡比較安全。這裡的基本設施方面，不是每個洗手間都有水，所以車上要帶充足的清水。除了桌椅之外，有原始的燒烤爐。可以撿木頭生火燒烤。活動方面，附近還有一條上山再下山的小路，可以前往小溪，來回路程少於一小時。

▲ Euroka campground

▲巨型蜥蜴

▶木火燒烤

小貼士

- 前往任何一個澳洲的國家公園 (national park) 和山區，如果沒有列印版的地圖，一定要在進入該地區之前把地圖搜尋好。如果是用 Google map 的話，一定要確保整條路線的地圖部分都下載好。因為很多時候，一旦進入這些區域，就沒有訊號了，只剩下 GPS。如果地圖沒有下載好的話，根本不會知道自己在哪裡。不要以為還有車路就等於還有訊號，澳洲的訊號覆蓋其實未必有你想像中好。
- 進入行山徑前，通常會有一塊牌，印有附近行山徑的地圖，最好先拍下地圖以備不時之需。
- 行山徑的步行時間請參照國家公園網站，較為精準；Google map 上的未必準確。

悉尼市區

雖然留澳時間長，可以來個深度遊，但是著名的旅遊名勝始終要走一下。

悉尼歌劇院 (Sydney Opera House)、悉尼海港大橋 (Sydney Harbour Bridge)、達令港 (Darling Harbour)、悉尼塔 (Sydney Tower) 都是悉尼市

▲ Circular Quay 火車站外景色

中心主要的打卡點。顧名思義是打卡點，就是沒什麼好玩，但又要到此一遊的地方。

歌劇院和海港大橋是相鄰的也非常容易去，只要坐火車到

Circular Quay 站就到了,有三條火車線可以到達:T2 Inner West & Leppington Line、T3 Bankstown Line 和 T8 Airport & South Line。一下火車,不用下樓,已經可以看到悉尼港灣 (Sydney Harbour),2 號月台的前方左手邊是海港大橋,右手邊是歌劇院。如果你只想拍個照,其實在火車站已經可以了。但是如果你想走近景點,就要出去走走了。

先從火車站的左邊說起吧,這邊東西比較多。要走到海港大橋,主要需要經過澳洲當代藝術博物館 (Museum of Contemporary Art Australia) 和岩石區 (The Rocks)。

▲澳洲當代藝術博物館

藝術博物館裡面以現代藝術作品為主。每段時間都有不同的展覽;同時也有導覽,讓參觀者更深入了解作品。這裡也有講座和工作坊,讓大家參加。

岩石區是一個很歐式的遊客區。裡面有很多古建築,也有很多不錯的高級餐廳。如果要數比較大眾化又有名的餐廳,那 就 是 Pancake on the Rocks、Munich Brauhaus 和 La Renaissance Patisserie and Café。

▲ The Rocks

▲ The Rocks

雖然 Pancake on the Rocks 聽上去好像只賣熱香餅，但其實它有賣很多其他菜式。如果要把他歸類，它不算是一間甜品店，而是一間西餐廳。它的熱香餅有鹹有甜，鹹的就是和煙肉火腿一起吃。這差不多是岩石區最熱門的餐廳，每次到門前，都看到長長的人龍在排隊。我吃過它的烤豬肋骨，味道算是不錯；但它的熱香餅就見仁見智了。如果你想試這間餐廳又不想排隊的話，它在悉尼還有幾間分店。最近一間就在將要介紹的旅遊區達令港(Darling Harbour)。那間也要排隊，但人龍通常不會太長。

Munich Brauhaus 是德國餐廳，它的豬手和啤酒十分出名，其他菜式也很有風味。個人建議兩個人去不要直接點兩份豬手；因為除了份量很大之外，還非常膩和鹹，正常會吃不完；建議另外一份可以選擇其他美食。飲品方面，它的啤酒很好喝，有適合男生的黑啤酒，又有女生愛喝的水果味甜啤酒，都非常不錯。

▲ Munich Brauhaus 餐廳

▶ 豬手

La Renaissance Patisserie and Café 是一間法國甜品店，主要售賣法式蛋白杏仁餅和蛋糕。感覺上它是一間比較傳統的甜品店，沒有很 fusion 的東西。它的甜品很細緻，又好看又好吃。蛋糕的話我推薦 Larme de Gauguin，是一個雜梅蛋糕，味道酸酸甜甜，一點都不膩。

▲ La Renaissance Patisserie and Café

　　介紹完比較大眾化的餐廳，接下來讓我介紹一間號稱全悉尼最好的餐廳 – The Quay，又名 Quay Restaurant。這餐廳位於海旁，在 Overseas Passenger Terminal 這碼頭裡面，吃的是西餐。在裡面，你可以一次過看著海港大橋、歌劇院和悉尼港吃飯。作為一間 fine dinning 餐廳，它的菜式毫無疑問地非常精緻，服務亦相當不錯，只是對於我和我的朋友們來說，味道有點偏鹹；好像悉尼大部分 fine dinning 餐廳都是這樣。價格方面平均大概 $200-$300 AUD 一位。值得注意的是這家餐廳必須預訂，預約期大概是三個月。所以想吃就要提早上網預訂了。

▲ The Quay 餐廳

▲ The Quay 餐牌

▲ The Quay 食物

　　除了餐廳之外，岩石區逢星期五有小吃市場，逢週末有市集。在小吃市場，你能吃到各地的特色街頭食品。至於週末市集，是一個很有本土特色的市場，裡面有土著特色的擺設、本地的果醬和蜜糖，也有手工制作的工藝品等。

▲ The Rocks 市集

▲ The Rocks 市集

　　經過以上的區域，就可以到達海港大橋。海港大橋是連接悉尼市中心和北悉尼的橋樑。駕車過橋是要收費的。如果想在橋上欣賞悉尼港的風景，有幾個最經濟的做法。第一個是走在橋上，車路的一旁有行人路，很多住附近的居民都會上橋跑步；散步的話，單程大概 10-15 分鐘。第二個方法是坐火車，悉尼暫時有兩條火車線會上橋，就是 T1 North Shore & Western Line 和 T9 Northern Line，過橋的位置在 Wynyard 和 Milsons Point 兩個站中間。只需要走到火車上層，就可以飽覽整個悉尼港的風景，尤其是黃昏時分，海水反射著日落的陽光，特別值得一看。如果你希望慢慢在橋上高處欣賞美景，也可以選擇登橋墩觀光。其中一個橋墩有樓梯可以到達頂部，供遊客觀光，但上橋墩是收費的，也有特定開放時間。如果你想玩點刺激的，大可以參加攀爬橋拱的觀光團。

▲ 悉尼海港大橋 Sydney Harbour Bridge

▶ 悉尼橋上

　　火車站左邊大致介紹過，現在就講一下右邊吧。相對來說，右邊的設施沒有另一邊豐富。從火車站出去，沿著右邊走，就是一條直路，5 分鐘就能走到歌劇院。沿路都是餐廳和酒店。走到近歌劇院的位置，有一條扶手電梯通往下層。下面是一間酒吧，岸邊有一排座位，在這裡喝酒可以共賞悉尼橋和歌劇院，景色一流！雖然晚上會很多人，但在這裡，坐在海旁的長椅，一邊看風景一邊喝點小酒，還是很寫意的。酒的價格也不算太貴，值得推介。走回上層，往前走就是歌劇院，是悉尼地標性的建築，外觀特別。裡面會上演不同的話劇、歌劇或其他表演。歌劇院旁邊就是悉尼皇家植物園 (Sydney Botanic Gardens) 的其中一個入口，有時間的朋友也可以逛逛。

▶ 悉尼歌劇院 Sydney Opera House

▶ 悉尼皇家植物園

　　好！下一站達令港 (Darling Harbour)、悉尼塔 (Sydeny Tower Eye)！前往這兩個地方，最近的火車站是 Townhall。從月台上來，出口大致分為左右兩邊，只要找到 Queen Victoria Building (QVB) 方向，走上地面，稍稍遠看就能看到悉尼塔，步行過去需要 5-10 分鐘。前往塔的途中，會經過 QVB、Sydney

Westfield、Myer 等商場，這差不多是全悉尼最貴的購物區了，要買名牌的話這裡都齊全。悉尼塔在 Sydney Westfield 樓上，它們位於同一座建築。在 Westfield 裡面，就能買到悉尼塔的門票，而入口也在裡面。和一般觀光塔一樣，有提供空中漫步、旅遊照等服務，也有一間旋轉餐廳。價格我就不一一詳說了。旋轉餐廳是以自助餐形式運作，味道一般，但風景值回票價。

▶ Queen Victoria Building 內部

▶ Sydney Tower Eye 悉尼塔

▶ 悉尼塔上風景

▶ 悉尼塔旋轉餐廳風景

　　達令港（又名情人港）就在悉尼塔附近，從悉尼塔過去只須步行 5 分鐘。達令港是悉尼的另外一個港口。這裡是看風景的好地方。橫越達令港，有一條行人天橋，可以看夕陽。這裡幾乎每星期六的八點半或九點都會有煙花，時間可到 Darling Harbour 的網站確認。港口兩邊都是餐廳和酒吧，以西餐為主。推薦 Cyren Bar Grill Seafood 吃晚餐、Home The Venue 跳舞喝酒。在這港口附近，就是全悉尼最大的賭場 – the Star。賭場裡面有不少有名的餐廳，還有一個悉尼最有名的跳舞酒吧 – Marquee（前名 OPM）。這酒吧特別之處是星期五和星期六有不同的人群前往，星期五是華人場；星期六是國際場，想去見識見識又怕酒吧太亂的朋友，可以來這個，因為這間的管理相對來說算很好。

▶ 達令港

▶ 達令港橋

小貼士

- 建議大家進火車站之前，先看一下柵外大屏幕，以確保找到正確的月台和確定開車時間。到月台後，一定要查看該月台上的顯示屏，因為悉尼的火車就算是同一條火車線，也不會每個站都停。如果沒看月台屏幕的話，就算你在對的月台，也有機會上錯車。
- 不建議開車到悉尼市中心。市中心的路比其他區難走，特別多單行線，一旦走錯了，要繞很大個圈才能回到原點。還有市中心時不時會修路，很多路會被封，塞車情況也嚴重。
- 在市中心常常沒有 GPS 訊號，要不就是 GPS 失靈給你一個錯的定位。
- 悉尼塔門票基本價格大概是 $20+ AUD。
- 想上悉尼塔的朋友，如果對悉尼市區的動物園、植物園和蠟像館都有興趣的話，可以購買這四個地方的套票，加起來差不多是七折。詳情可參閱 Sydeny Tower Eye 網站。
- 悉尼觀光巴士可以遊覽市區各個旅遊景點，如果只在悉尼幾天，時間緊迫的話可以考慮，但個人覺得價格不便宜。詳情可參閱 Big Bus 網站。
- Museum of Contemporary Art Australia 的開門時間是逢星期四到星期二 10 am – 5 pm，逢星期三 10am – 9pm，12 月 25 日閉館一日。
- Sydney Tower Eye 的開放時間為 10am-8pm，最後進場時間為 7pm。
- 攀爬悉尼大橋橋拱的觀光團價格由 $100+ AUD 到約 $400+ AUD 不等，分時段收費。有興趣的朋友可以上 "Bridge Climb Sydney" 的網站查詢；或在 Circular Quay 站外，也有報爬橋團的旅遊亭可以索取資料。

邦代海灘 Bondi Beach

　　來到澳洲，怎麼可能不享受一下陽光與海灘？邦代海灘是悉尼市內最大、最有名的海灘。這裡也是一個值得到此一遊的地方。喜歡玩水上活動的，這裡可以游泳和衝浪；喜歡悠閒看海的，這裡有很多本土的 café，味道都不錯。值得一提的是這裡有一個岩池 (rock pool)，就是 "海水游泳池"。它是岸邊的一塊大石，中間開了一個洞，造成泳池。這個泳池的水是天然的海水，每次有大浪撲進水池，海水就會換一次。這個岩池雖然要付費，但算得上是悉尼其中一個最美的岩池。活動方面，每年大概十月十一月期間，這裡會有一個名為 "Sculpture by the Sea" 的展覽，在沙灘的一旁擺放不同類型的雕塑給大家欣賞。聖誕節到這裡，就可以看到很多人在海灘上，穿泳衣戴聖誕帽，應該只有南半球可以看到這個情景了。

　　至於要如何前往呢？最好一定是駕車。快到達的時候就要開始找車位了，週末的時候，車位不容易找到。這海灘附近沒有火車站。唯一的公共交通工具是巴士。可以在 Museum 火車站外 (Liverpool Street 出口) 乘坐 333 號巴士到海灘。

▲邦代海灘

▲邦代海灘商店

- 夏天去海灘記得帶拖鞋。尤其是高於四十度的日子。因為沙灘上的沙太高溫，不少人把腳板底燙到起水泡。
- 任何一個晴天去海灘，尤其是夏天，必須帶備防曬太陽油。防曬太陽油要在曬之前 20 分鐘塗抹。而且建議用本地能買到的物理性防曬，一般在亞洲的防曬可能不夠。澳洲的太陽真的很毒，不塗好防曬很可能會曬傷，曬到起水泡的例子很多。

獵人谷 Hunter Valley

獵人谷是一個盛產葡萄酒的區域，是澳洲最古老的產酒地方。其實在悉尼有非常多專門賣酒的商店，種類也很齊全，那為甚麼要到這裡買酒呢？主因是在獵人谷買酒，不但可以讓酒莊的人員介紹適合你口味的酒，還可

▲ Scarborough 酒莊品酒

以先試後買。這點非常重要，因為在一般的店裡，很容易買到不合口味，甚至很難喝的酒。其次是這邊的酒莊一般會有很大的葡萄園和大草地，大家可以喝著酒，拍拍照聊聊天。所以雖然我在悉尼定居了，偶爾也會去一下。而且這裡有幾間酒店，如果想多品嘗幾間酒莊的酒，可以住一晚。緊記澳洲醉酒駕駛罰得很嚴，喝了酒就不要開車。

由於這裡沒有任何公共交通工具，所以前往這裡的方法只有兩個，自己開車和跟旅行團。當然自駕遊的自由度肯定大很多，也可以選擇自己想去的釀酒廠。從悉尼市中心到獵人谷大約需要 2 小時 30 分鐘。如果你自己開車，建議先到獵人谷遊客諮詢中心

(Hunter Valley Visitor Information Centre)，在這裡可以讓工作人員推薦一下酒莊或者好吃的餐廳。其實到達這裡之前已經會經過不少酒莊，看到合適的也可以先進去看看。

很多旅行團會帶團到獵人谷花園 (Hunter Valley Gardens)。這算是獵人谷的中心，從外觀看上去是一個花園也是一個小型遊樂場，裡面有餐廳和酒廠，比較適合小朋友。這花園需要門票，可以網上預訂。特別要介紹的不是這個花園，而是這花園周邊的地方。這花園的西邊有一間叫 Harrigan's Irish Pub 的酒吧，裡面的食物性價比不錯。外面是公園，裡面卻裝修得非常古雅，值得推薦。而公園

▲ Harrigan's Irish Pub 酒吧餐飲

▲ 袋鼠肉

的東邊有一個叫 Roche Estate 的地方，也是午休的好選擇。裡面有賣芝士和葡萄酒的門店，也有幾間餐廳。我第一次吃袋鼠肉就是在這裡的 Goldfish Hunter Valley Restaurant 吃的，一般袋鼠肉煮熟之後肉質會比較粗造，而這家提供的是伴好的生袋鼠肉，敢吃的話這味道比較讓人接受，有點像牛肉。

至於酒莊方面，因為每個人喝酒的口味都不一樣，很難說哪間好喝 / 不好喝，我每次去，幾乎都去不一樣的酒廠。一定要介紹的話我推薦 Kevin Sobels Wines。它的酒偏向於適合平時

▲ Kevin Sobels Wines 酒莊

有喝酒的人，不會很甜，但也不會很 dry。我要介紹這裡的原因是這裡除了可以品酒之外，外面還有一個小市集，是那種很本土的市集，有賣蜜糖、果醬、香薰蠟燭等，品酒之餘可以順便一看。

▲ Kevin Sobels Wines 市集

▲獵人谷

小貼士

- 部分酒莊會收取品酒費，亦有部分酒莊買酒的話可以退還，每間不一樣。
- 要注意的是有部分酒莊在下午四點鐘就關門，大部分五點鐘也關了。

蛋糕石 Wedding Cake Rock

秋高氣爽，最好就是去爬山。除了藍山之外，悉尼能爬山的地方有很多。其中一個就是皇家國家公園 (Royal National Park)。這裡最有名的景點就是蛋糕石。幾年前人們還可以爬到這塊石頭上面去拍照的，但由於最近被侵蝕得十分厲害，隨時有倒塌的可能，所以就封住不讓人坐上去了；可是還是可以近距離觀賞這獨特的地貌。除此之外，連接蛋糕石的行山徑，是我在悉尼見過最適合一家大小走的一條。因為它風景優美，沿海而行，有時候遠眺海面還能看到海豚跳出水面；而且整條路大部分都有修葺過，指示牌很清晰也沒有分岔路。這一小段 Coast Track 來回約需兩個小時。

山徑 ▶ 蛋糕石 Coast Track 行

這段 Coast Track 其實是要下山又上山的，會走過山與山之間的海。如果不想那麼辛苦的話，我平時回程時會走後山的一條小路叫 Big Marley Firetrail。這條小路沒海沒風景，但平坦，走得舒服，寬度夠走兩輛車，只是它通常會把車攔住不讓進。小路兩邊都是大概三米高的樹，太陽開始下山時會比較暗。最好多點人一起走。其實這路也不是完全沒人走的，但確實沒有甚麼指示牌。到達蛋糕石之後，一直往前走的第一個右轉分岔路就是進入這小路的位置。只需要一直走，走到一大半的時候就會看到有一個右轉分岔路口，從這口進去，再走大概 10 分鐘，就能回到整條行山徑的入口。這些都能在 Google map 放大後搜尋到。如果不小心沒右轉進小路,也不用擔心,因為一直走會到達另外一個蛋糕石的停車場,只是沒那麼多人會選擇這裡泊車。

▲蛋糕石

▲蛋糕石 Coast Track 行山徑下山

　　行山徑最近的入口位於 Bundeena。建議去這種國家公園,開車會比較方便,因為裡面都有車路。如果從悉尼市中心開車出發,可以直接前往 Beachcomber Ave. 最靠山的那頭,那裡就是入口,需時大概 1 小時 20 分鐘。如果沒有車的話,只能從 Central Station 坐火車到 Cronulla Station,再走到附近的 Cronulla Wharf,乘坐前往 Bundeena 的輪船。到達後還要走 15-20 分鐘才能走到入口,一共大概兩小時才可到達入口。

- 之前其實已經提過，在出發前一定要把行山徑的路線先下載好，或直接截屏。蛋糕石這個地點我走過很多次，沒有一次是有訊號的。
- 這段 Coast Track 行山徑幾乎完全沒有樹蔭，建議塗抹防曬，我試過在秋天走完之後被曬傷。
- 連接 Big Marley Firetrail 和 Wedding Cake Rock 的路，要在 Google map 放大後才能看到。

▲ Wedding Cake Rock 路徑

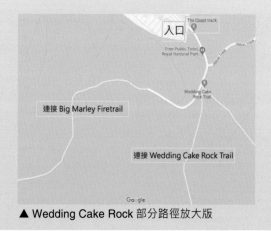

▲ Wedding Cake Rock 部分路徑放大版

8 字湖 Figure Eight Pool

顧名思義叫 "8 字湖"，就是一個長得像 8 字的水池。為甚麼我特地說它只是一個水池呢？因為如果在網上搜尋這個 "湖" 的照片，你可能會覺得它很大；其實現場目測，它直徑只有 2-3 米。這水池是由天然海

▲ 8 字湖 Coast Track 行山徑

水腐蝕造成的。它是一塊在海裡有洞的礁石，在退潮之後露出水面成了 8 字湖。這個湖裡面長滿了不同形狀的海洋植物，很有趣。到達這裡之後會有不同大小的 8 字池，而最大的那個就是傳說中的 8 字湖。

前往 8 字湖可以說是沒有公共交通工具，最近的火車站是 Waterfall Station。從市中心坐火車到 Waterfall 需要 1 小時。下車後需要轉乘的士到 Garrawarra Farm Carpark，那裡就是走進 8 字湖的入口。新南威爾士州國家公園 (NSW National Parks) 網頁提供的時間是，從停車場走到 8 字湖單程需要 2 小時，難度屬於 "hard"，就是比較難走的行山徑。個人經驗，從入口走進 8 字湖需時大約 2 小時 30 分鐘，所以來回就是接近 5 個小時。到達停車場後會有標示路徑。大概就是往東走進 Burgh Ridge track，沿路走下山到 The Coast track，然後一直往南走就會看到。我是一個偶爾會行山的人，這段路對我來說會有點吃力，因為它的斜路比較多。Burgh Ridge track 是一段像森林的路，裡面很陰涼，到了 The Coast track 就是一路太陽。一直走下去會經過一個沙灘，過了沙灘之後就要沿海走在礁石上，需要爬高爬低。觀賞後需要原路返回。

▲小 8 字湖

▲ 8 字湖

▲ 8 字湖路徑

小貼士

- 前往 8 字湖必須預先查看天氣和潮漲預警。潮漲預警可以在 NSW National Parks and Wildlife Service 的網頁上查看。
- 漲潮和浪大的日子千萬不要前往，潮漲的話，海水會直接把 8 字湖淹沒，非常危險！
- 由於行山路徑較長，加上潮汐情況，為安全起見，建議最遲在中午到達 8 字湖。

藍花楹 Jacaranda

　　藍花楹，又有人叫它做藍楹花，是一種生長在樹上的花卉，主要分佈在新南威爾士州及昆士蘭州南部。它是一種季節性的花卉。每逢春天，在悉尼街頭經常能看到一兩棵藍花楹樹，伴隨著掉落一地的藍花楹。觀賞藍花楹最佳時間在九月到十一月，亦即是澳洲的春天。而觀賞藍花楹的地方其實很多，最出名的是一個名為 Grafton 的小鎮。這個小鎮位於新南威爾士州，貼近昆士蘭州的交界。那裡到處都是滿滿的藍花楹樹，而且每年都會有藍花楹節 (Jacaranda Festival)。

▶
藍花楹

　　但是，要從大城市前往 Grafton 其實很遠。從悉尼市中心出發的話，可以在 Central Station 乘坐往布里斯本方向的跨州火車 (regional train)，直接在 Grafton Station 下車，需時約 11 小時；開車約需 7-9 小時。由於它靠近昆士蘭州，所以近一點的方法是從布里斯本出發，在 Roma Street Station 乘坐往悉尼方向的跨州火車，同樣在 Grafton Station 下車。無論是開車或坐火車也是 4 小時。

　　當然不想走遠的朋友，其實在悉尼市內也有不少觀賞點。首先是悉尼皇家植物園 (Sydney Botanic Gardens)，就在歌劇院旁邊，從 Circular Quay 火車站走過去不到 10 分鐘。還有一個每逢春季，都有人拍婚紗照的藍花楹小區，位於北岸的 Kirribilli。在這個區裡面有一個叫 Milson Park 的公園，公園外的 McDougall Street 正是 "藍花楹隧道" 的所在地。街道兩旁都是又高又大的藍花楹樹，形成一條藍色花通道。在市中心前往這裡最快捷的方法是，乘坐往北岸方向的火車在 Milsons Point Station 下車走路過去，全程從市中心出發只需 20 鐘。或是可以先坐火車到 Circular Quay Station，轉乘渡海小輪到 Kirribilli，下船後步行過去，一共需時 30 分鐘。

▲ Kirribilli 藍花楹

小貼士

　　想前往 Milson Park 觀賞藍花楹的朋友建議早一點出門，中午後可能只拍到人了。

The Grounds of Alexandria café

　　The Grounds of Alexandria 是一間 café。它在悉尼有幾間分店，但我介紹的只是位於 Alexandria 的總店，因為唯獨這間店最有特色。與其說這間總店是 café，不如說它是一個飲食區域。除了主要的室內餐廳外，外面還有一個食品市集和一個露天茶座。露天茶座提供輕食，主餐室就提供主食。在這個小市集裡，麵包、蛋糕、朱古力、飲品，一應俱全。而我的最愛就是這裡的雪條；有些雪條，上面放滿五顏六色的水果，既好看又好吃。而且這市集每逢節日，都會有非常應節的裝飾和擺設，尤其是聖誕和復活節，每次來都有驚喜；平時偶爾也會有主題裝飾，常常成為打卡點。

▶ Café 內果汁攤

▶ Café 內麵包攤

▶ Café 內雪糕攤

一旁的露天茶座售賣著價格相宜的小吃，環境就像一個英式花園，有點小清新。其實光是在外面走走逛逛已經可以吃飽。如果想好好坐下來吃正餐的話，可以到室內餐廳，但逢週末可能需要排隊。餐廳裡的裝修也是復古的，格調不錯。最推薦的是它們的凍咖啡，擺盤十分精緻，牛奶和咖啡是分開上的，最驚艷的是連用的冰都是咖啡冰；所以就算冰溶化了，也不會溶出水，而是溶出咖啡；至於其他食物就一般，沒什麼特別。

▶ Café 室內餐廳食品

▶ Café 室內餐廳咖啡

▶ Café 室內餐廳食品

前往這 café，可以從市中心乘坐火車到 Green Square Station，步行約 12 分鐘就可到達。從市中心開車的話只需要 10 分鐘。

小貼士

- 想開車前往的朋友，週末的車位很難找，可以試一下繞到 Bourke Rd. 那邊的停車場試一試。
- The Grounds of Alexandria 營業時間為星期一至五 7am-2.30pm，星期六、日 8am-3pm。

史提芬港 Port Stephens

史提芬港是一個位於悉尼北部的小港口，與紐卡素(Newcastle) 接壤，距離悉尼大概 2 小時 30 分鐘車程。這裡，有山有水有沙，很多戶外活動可以玩。活力一點的可以爬山、滑沙、浮潛；刺激一點的可以衝浪、

▲史提芬港 Anna Bay

參加 4WD 沙丘團 (4WD Sand Dune Tour)；靜態一點的可以出海釣魚、看海豚鯨魚。在這個港口，就足夠玩幾天。

至於我自己呢，為了省下住酒店的錢，所以都是即日來回。早上六點半開車出發，去到大概九點。選擇先玩 4WD 沙丘團和滑沙。要去滑沙，就要到一個叫 Anna Bay 的地方。順帶一提，沙丘這邊的活動其實只有三個，分別是：4WD 沙丘團、騎駱駝 / 馬和滑沙。我去的時候沒有看到有馬騎；駱駝呢，我沒有騎，但看到別人騎，好像坐上去走一圈就下來了，有點不值。4WD 沙丘團和滑沙是連在一起的，你要去滑沙幾乎就必須參加 4WD 團。這個所謂的 4WD 沙丘團其實就是送大家去滑沙的地方。去這個地方的途中會一直經過大大小小的沙丘，很多時候會有多於 45 度俯衝的狀態，其實挺刺激好玩的。至於滑沙，這個地點，十月份去，風不算非常大，不會一臉沙。可是這裡是個小沙漠，所以非常熱。雖然這團沒有限制滑沙的時間，但是其實也滑不了多久。取了滑板之後，就可以選擇適合斜度和高度的沙丘滑下去，滑完之後要拿著滑板走上沙丘。老實說，在這三十幾度的天氣，我來回了四、五次，已經筋疲力盡了。

▶騎駱駝

▶滑沙

▲滑沙 / 騎駱駝 / 沙丘團 大概位置

　　離開後我們去了旅客中心附近吃午餐。沒找到很好的餐廳，所以就不介紹了。

　　下午的時候，我們在沒有蒐集資料的情況下去了 Nelson Bay，想出海看海豚，但是我們失敗了，原來看海豚的團，每天早上五點出發。看來要在這裡住一晚才可以看到海豚。

▶ 史提芬港旅遊中心
Nelson Bay

　　從悉尼前往史提芬港最好的方法是開車，因為就算有公共交通工具到達這裡，要前往各個景點，還是需要車。一定要乘坐公共交通工具的話，這裡最近的大火車站是 Newcastle Station，有到悉尼的火車。想到史提芬港就要在 Newcastle Station 下車，轉 130 號巴士到史提芬港。從其他州份出發的朋友可以選擇坐飛機，史提芬港有一個機場，有來回墨爾本、布里斯本和黃金海岸的航班。在港內，雖然有不同路線的巴士，但是每條路線可能一兩個小時才一班車，或是一整天都不到十班車，時間表也不一定準，說實話有點不可靠；所以最後還是要租車。

小貼士

　　有一點要留意的是海豚團在澳洲冬季是不出團的，冬季的月份大概是每年的五到七月。詳情請參閱 Port Stephens 網頁。需要住宿的朋友記得要提早預訂，因為那裡的酒店不算多，所以最少提前一個月訂會比較穩妥。

科夫斯港 Coffs Harbour

這裡不算是一個熱門的旅遊區，我之所以發現這個地方，是因為有朋友在這裡住過。又碰上三天的 long weekend 假期，所以就來了一趟。結果發現這是一個愜意的小鎮。

▲ Forest Sky Pier 風景

科夫斯港算得上是新南威爾士州其中一個較大的沿海城市，位於悉尼以北，黃金海岸以南。如果你對大城市的喧鬧感到煩厭，這裡的

▲ the Big Banana

確是一個讓人喘息的地方。來這裡主要是看看風景，非常休閒。這個小城市的老人家比較多，而且都是真正的本地人。可能是生活壓力沒那麼大，大家都比較放鬆，人也很親切，像朋友一樣。

這裡沿海一帶有沙灘，稍微內陸一點就是森林，盛產香蕉。觀光首推"Forest Sky Pier"（森林天空碼頭）。它是一個鼎立在森林裡的看台，從森林裡突出一塊，可以飽覽整個城市、海灘和海岸線的風光。"The Big Banana"（大香蕉），也是這裡的觀光點之一，位置就在公路一旁。裡面有各種龐大的黃色水果仿製品，挺有趣的，但感覺比較適合小朋友。如果來這裡，可以試試它們的朱古力冰香蕉，很新鮮。這兩個活動相對比較特別，其他地方找不到。想去海灘的朋友，可以選擇 Jetty Beach，就在 Coffs Harbour 火車站附近。這裡海水乾淨，適合游泳，還有一條行人橋可以走到海中，橋不算高，偶爾會有人在這橋上跳水。Jetty Beach 旁的 Bonville Head Lookout 風景優美，可以俯瞰整個 Jetty Beach 海灣。

　　這裡雖然離哪都不近，但是其實來這裡還是很方便的，不需要太轉折。它有一個國內的機場，有來回墨爾本、悉尼和布里斯本的航班。陸路方面，從悉尼出發可以乘坐跨州火車 (regional train)，有 Coffs Harbour 這個站；開車的話，最快大約 6 小時。來市內觀光，非常建議租車，這裡的公共交通只有巴士，而且服務非常有限。

一年一度 Vivid Sydney 燈光匯演

　　每年大概五到六月，悉尼的市區都會有燈光匯演。可能大家已經看過很多地方的燈光匯演，那悉尼的燈光匯演又有甚麼特別呢？我覺得比起其他地方，悉尼的偏向把圖畫投射在建築物外牆，有些是有故事性的。要看燈光匯演，首選地點是 Circular Quay，歌劇院和海港大橋都在這裡。欣賞歌劇院燈光匯演的最佳地點，在歌劇院的對岸，就在當代美術館外面，可以看到整個歌劇院。而且美術館本身也有燈光匯演，在這個位置，前後都能看，一舉兩得。看了幾年之後，我覺得最好看的還是在悉尼海關大樓 (Customs House) 外牆的燈光匯演。因為那個地方，通常會投射一個有故事的動畫，比較有意義。

▲ Vivid Sydney 悉尼歌劇院

▲ Vivid Sydney 悉尼歌劇院

▲ Vivid Sydney 悉尼港

▲ Vivid Sydney 悉尼港

▲ Vivid Sydney 美術館

▲ Vivid Sydney 悉尼海港大橋

▲ Vivid Sydney 海關大樓

楓葉 – 藍山 Blue Mountain 周邊

　　在悉尼看楓葉，藍山就是最好的選擇，不但有多個地方可以賞葉，而且距離悉尼市區不遠。從市中心到藍山周邊，坐火車需時大約 2 小時，開車大概 1 小時 30 分鐘。能貫穿藍山的主要公路有兩條，一南一北，中間是藍山國家公園。這公園南北沒有車路連在一起。

　　藍山的火車軌建在國家公園南邊的那條公路旁，這邊發展較為多一點。沒有車的朋友，可以沿著藍山火車線下車遊覽，推薦地方：Wentworth Falls、Leura 和 Blackheath。這三個地方都是藍山的小鎮，裡面有小公園可以拍照。除此之外，路邊也有很多楓樹，加上這邊的建築具有濃厚的本土特色，可以把小鎮風光和楓葉一起留影。尤其是 Leura，在主街 (Leura Mall) 兩條行車線的中間，就有一排被染成橘色的樹，可以一拼把紅葉和古樸風情拍下。

▲ Blackheath

　　有車的朋友，可以在北邊的路走，前往 Mount Wilson 和藍山植物園 (Blue Mountain Botanic Garden)。兩個地方的風景都有不同的韻味。

　　Mount Wilson 是一個深山區域，有點像一個原始的熱帶雨林，樹木茂密而且很高。感覺被一棵棵高樹包圍住，地上是滿滿的黃橘色楓葉，有時候還會有一層霧，森林中的仙境大概就是如此了。這個地方不一定能看到顏色鮮艷的楓葉，但這裡是最貼近大自然，純天然的賞葉區。來這裡的朋友要查好地圖，因為這裡完全沒訊號。

▲ Blackheath

▲ Mount Wilson

　　最後一個，也是我最喜歡的賞葉景點，就是位於 Mount Tomah 的藍山植物園。這個公園是我看過樹葉顏色最多的一個地方，紅橙黃綠四色都齊了，配在一起真的色彩斑斕；而且打卡點也很多。讓我先簡單介紹一下這個公園，這裡占地 252 公頃，分成了不同的區域和小徑，進門時最好先拿張地圖。除了有高樹和灌木供大家賞葉，這裡還有燒烤區和大草地可以野餐，也有水塘等景觀，真的能玩上半日。想看比較多紅葉的朋友，可以到一

個叫 "Australian Woodland" 的區域，那裡會多一點紅葉。想來這裡的朋友要注意開放時間，建議早點出門，因為能觀葉的時節已經是冬令時間，天黑得早；而且下午會很多人。

▲ Blue Mountain Botanic Garden

- Blue Mountain Botanic Garden 開放時間是 9 am – 5.30 pm。其他地方沒有關門時間，但秋冬天可能下午五點就開始天黑。

悉尼魚市場 Sydney Fish Market + Beverly Hill 海鮮

　　要說一下悉尼魚市場這個地方，不是因為很推薦大家去；而是因為對於這個旅遊區，大家可能存在誤解。第一點是，根據報導，以及朋友們和自身的經驗，旅行團買海鮮比非旅行團可能貴很多。第二點是，部份海鮮不一定在澳洲捕捉，可能是進口的。由於居住在悉尼有一段時間，所以我去過幾次這個市場。我覺得這個魚市場的海鮮種類的確比外面多，如果買海鮮回家自己烹調的話，可以吃到平時難買到的海產。可是如果買熟食的話，價格偏高，而且總括那麼多間店來說，味道一般。

▲魚市場入口　　　　　▲魚市場

在戶外吃海鮮的朋友，要小心！記得我第一次去的時候有個小插曲，我們買了魚生，找了個室外的位置就開始吃了，無端端，一隻巨型海鷗飛到我們的桌子，一口把一排魚生夾起來，就飛走了。如果被這麼大隻的鳥飛撞過來的話，是有危險的。

▲海鮮

▲露天座位

▲生蠔

這裡沒有火車可以到達，但在市中心 Central Station，坐電車大概 15 分鐘就能到達。

在悉尼吃海鮮，其實還有其他地方。Beverly Hill 位於悉尼的東南邊，距離市中心大概 30 分鐘車程。這裡的主街上有一排專吃海鮮的酒樓 / 廣東餐廳。我試過幾間，味道都不錯，而且價格合理。我偶爾也會特地約朋友來這裡吃海鮮。這裡的中餐廳，很多都提供宵夜，是夜貓的天堂。餐館的位置就在火車站旁邊，想開車的朋友，可以停在餐廳的後方，有幾間中餐廳的後門都是客用停車場，而且有人編排車位。

小貼士

- 悉尼魚市場是市中心的邊緣，而且車位非常
  有限，不建議開車
- 悉尼魚市場的營業時間是 7 am – 4 pm

**Chapter
8**

玩！墨爾本 + 維多利亞州

其實來過澳洲的朋友，都知道澳洲並不是一
個購物的地方，可是要數全澳購物比較多元
化的，就是墨爾本了。

玩！墨爾本 + 維多利亞州

　　剛到澳洲，我以悉尼為基地，每次遊澳完畢都會回到悉尼。由於墨爾本離悉尼只是 1 小時 30 分鐘的飛航，又是澳洲第二大城市，所以我經常去旅遊，後來更搬到墨爾本。

　　無論你是來墨爾本玩還是定居，記得這裡有個東西叫 "free tram zone"，顧名思義，就是有一個區域可以坐免費電車。這個區域就是市中心和 Docklands，整個墨爾本市主要玩的都在這兩個區域裡面。其他維多利亞州的景點都和市中心有點距離。順帶一提的是交通費，這裡的單程票價可算是超貴，但是每天都有上限，過了上限就是免費。

▶ 墨爾本市區

▲ 免費電車站

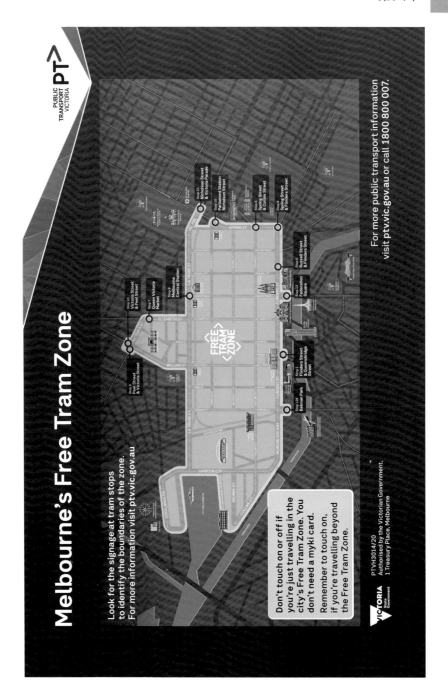

市中心 Free Tram Zone 景點

雖然說是市中心景點，但其實它們沒有整合在一起，反而比較分散。但是在市區，走走逛逛也可以看到不少古建築，如：市政廳 (Town Hall)。

第一個要介紹的景點是 Graffiti 塗鴉街。墨爾本是一個很有藝術感的城市。除了有魔術、音樂等街頭表演；在這裡，塗鴉也被視為一種藝術。其實在大街上的大廈外牆和火車車身，都不難看到不同類型的塗鴉。有些是一幅塗鴉跨越四五層的大廈，十分壯觀。要數到比較有名的塗鴉街就有 Hosier Lane、Union Lane 和 ACDC Lane，都在市中心。幾條塗鴉街有不同的風格，Hoiser Lane 圖畫比較多，Union Lane 則字比較多。前往這三條街最近的火車站是 Flinders Street Station，附近的免費電車有 70、75 和 35 號。

▲ Flinders Street 火車站

▲ Hoiser Lane 塗鴉

▲ Hoiser Lane 塗鴉

▲ Union Lane 塗鴉

▲ ACDC Lane 塗鴉

▲ Hoiser Lane 塗鴉

▲ ACDC Lane 塗鴉

▲ Union Lane 塗鴉

其實來過澳洲的朋友，都知道澳洲並不是一個購物的地方，可是要數全澳購物比較多元化的，就是墨爾本了。這裡大商場有的品牌可能是全澳最多的，不像其他州被某十幾個品牌壟斷。我要介紹的是 Melbourne Central 商場。這個商場的特別之處在於建築物本身，它前身是一座子彈製造工廠，所以在商場的中心有一座 50 米高的塔，是以前用來冷卻子彈的。前往這裡可以在 Melbourne Central 火車站

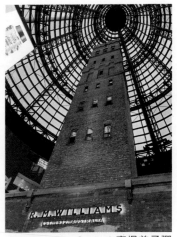

▲ Melbourne Central 商場前子彈製造塔

下車，出口就在這商場裡面；大部分免費電車都在這附近有站。

有人可能會奇怪，街市在澳洲為甚麼常常成為旅遊景點呢？確實的原因我也不知道，但是這種街市在澳洲的確不算多，人們一般買菜都是在超級市場解決。接下來要介紹的就是全維多利亞州最大，位於市中心的維多利亞市場 (Queen Victoria Market)。這個市場，除了肉類蔬菜之外，還售賣紀念品和本地手工藝品。不少攤位售賣澳洲土著的藝術品，有些更會吹奏土著樂器吸引客人。這市場面積很大，熟食區也有幾個。食物方面以 café 食品為主，也有其他地方的美食，比如：西班牙飯、咖哩等，還有一輛賣青口的熟食車，是我的最愛。在這裡買東西比外面便宜，是窮遊必到景點。除此之外，這裡有時候會搞活動，讓大家認識不同的文化。有一點值得注意的是它逢星期三關門，平時也是早開早關，最好出門前先搜查開放時間。來這裡也是交通便利，有多條巴士線和免費電車線。

▲維多利亞市場正門　　　　　　　▲維多利亞市場攤位

▲維多利亞市場攤位

　　比起一般的觀光塔，觀光摩天輪在墨爾本似乎更有特色。在市中心以外的另一個免費電車區 – Docklands，就有一個觀光摩天輪 – Melbourne Star Observation Wheel。它位於一個叫 "The District" 的美食購物中心裡面。摩天輪有 120 米高，約相等於 40 層樓。乘坐一次這個摩天輪可以 360 度俯瞰墨爾本的景色。由於位置臨海，除了城市景觀之外，還可以欣賞海景。黃昏的時候更可以欣賞日落和晚霞的美景。

▲ Melbourne Star 摩天輪　　　　　▲ Melbourne Star 摩天輪

在摩天輪步行約兩三分鐘的地方有一個溜冰場，如果喜歡溜冰的話，可以購買套票。在 Melbourne Star 的網站上也有不同的套票可以選擇。在這個美食購物中心裡面，有各國的美食，但由於是旅遊區，價格可能偏高；購物方面則相反，賣的都是大眾品牌。這裡我想特別介紹的是一間電玩店 "Archie Brothers – Cirque Electriq"。除了一般的射槍、夾公仔、賽車等遊戲，還有碰碰車、保齡球可以玩。推薦給喜歡電玩的朋友。這裡是 86、70 兩條電車線的總站，觀光電車 35 號也會經過這裡。

▲ The District 餐廳

▲ The District 電玩

小貼士

- 和悉尼一樣，墨爾本也有付費的市區觀光巴士，而且服務供應商也是一樣。不想等免費電車的朋友可以考慮。
- 免費觀光電車路線是 35 號，每 30 分鐘一班車，逢星期日到星期三，服務時間是 10 am – 6 pm ；星期四到六，延長到 9 pm。時間只供參考，因為電車通常不准時，親身經歷等了 40 分鐘都沒有車。
- 經過 Flinders Street Station 建議小心看管財物。
- 塗鴉街的畫會不定時地被藝術家更新。

- 在墨爾本坐火車,尤其是大站,建議先查清楚火車線的名稱,名稱通常以終點站命名。因為有時候,下月台前的屏幕只會顯示該站台是哪條線,不走下去月台不一定能看到停哪個站。到了月台之後,也要確認一下該火車到不到你要去的站,因為就算火車線對了,它也有快車和慢車,每班車停的站可能不一樣。

▲ 部分電車站的寬度

- Melbourne Star Observation Wheel 開放時間為五至八月 11am-6.30pm,九至四月 11am-9.30pm,聖誕節當日及 ANEAC Day 1pm-9.30pm。
- 在市中心以外,很多電車站只有一個身位的寬度,離行走中的電車很近,大家要注意安全。

市區粉紅湖 Westgate Park Pink Lake

說起來粉紅湖算是澳洲天然風景中的一大特色。在澳洲，其實有幾個粉紅湖，西澳有三個，維多利亞州有兩個，但大部分都離市區非常遠，最少 4 小時車程，而且沒有公共交通工具；除了墨爾本市區這一個。我發現它，是因為某天坐著朋友的車，在市中心附近過橋，往

▲ Westgate Park Pink Lake

下一看，有一個深粉紅色的湖，當天我們就直接下橋往粉紅湖出發。

粉紅湖的成因眾說紛紜，有人說是因為紅水藻在鹽湖裡面大量繁殖而形成，有人說是因為細菌，亦可能是每個湖的成因都不一樣。比較新一點的說法是，一種好鹽的紅色微生物導致湖水呈現變色。Westgate Park 這個粉紅湖，由於在市中心附近，面積比其餘幾個粉紅湖都要小。我有去過西澳的其中一個粉紅湖，下文會再介紹；比起來，這個湖除了小一點，結晶成鹽的位置也不多，好像泥就貼著水，顏色比較深一點，都有點像桃紅色了。

前往 Westgate Park，從市中心開車只需大概 15 分鐘。公共交通工具的話大約要 30-40 分鐘，最好的方法是在 Southern Cross Station 坐 235 號巴士到 Wirraway Dr. 站下車走大概 10 分鐘就到了。從市中心到 Southern Cross Station 有多條電車線，也有幾條火車線。

小貼士

- 值得一提的是粉紅湖是季節性的，夏季湖水可能會乾或少，其他季節去會好一點。

大洋路 The Great Ocean Road + 十二門徒石 The Twelve Apostles

大洋路是一條沿海而建的公路,在墨爾本的西南邊,全長約 276 公里。起點在 Torquay,而終點在 Allansford,途徑十二門徒石。由於是沿海而建,這公路有些部分可以看到一望無際的大海。

▲ 大洋路風景

十二門徒石又是一個大自然的傑作。它們是幾座鼎立在海中的石灰岩,經過海水的侵蝕,現在僅存 7 座石了。它們位於大洋路旁,距離墨爾本市中心 2 百多公里,最短行車時間也要約 3 個小時。

這兩個景點最好是一起去,而且建議自駕遊,沒有公共交通工具;但有不少大同小異的旅行團。自駕遊方面,雖然十二門徒石就在大洋路旁,但還是不建議全程走大洋路,因為會慢一點。前往十二門徒石,全程走大洋路的話,單程行車時間約為 4 小時 30 分鐘;完全不走,改走內陸的話大約 3 小時。我建議的是走一部分,需要約 4 小時。路徑是從墨爾本出發,先到托爾坎 (Torquay) 的大洋路入口,入口會有一個拱門寫著 "Great Ocean Road"。然後沿路走往 Lome 小鎮,這一段大洋路能看到海景,而且中間也有海灘和停泊處,可以下車休息和看風景。到了 Lome 之後往北走,回到內陸公路,以十二門徒石為終點就可以。走進景區之後,一直往海邊走就能看到十二門徒石,那裡有幾個觀景台,可以從不同角度觀看及拍照。

▲十二門徒石　　　　　　　▲十二門徒石

　　除了在陸地觀看，想從高空俯瞰十二門徒石的朋友，可以選擇乘坐直升機。供應商提供三條長短不同的路線選擇，票價由每位 1 百多到 5 百多澳幣不等，兩人起接受報名。詳情請參閱 "12 Apostles Helicopter" 網址。

　　個人覺得自駕遊的話，在附近住一晚時間會充裕一點。離十二門徒石 25 分鐘車程，有一個小鎮 Peterborough。這小鎮的沿海一帶，有幾間旅館，價格合理。早上起床，還可以到海

▲ Loch Arch Gorge 小路　　　▲ London Bridge

邊走走。其實在十二門徒石附近也有很多觀景點,大部分需要再往西走,比如:Loch Arch Gorge、London Bridge、The Razorback 等等,都是一些看自然風景的地方。尤其推薦 Loch Arch Gorge,這裡有三條小路,其中兩條都長滿了很特別的植物,非常適合拍照。面朝大海,最右手邊的路可以走下沙灘。沙灘的一邊是一個小山洞,另外一邊是海峽,風景優美。當然在附近也有其他沙灘和行山徑。London Bridge 也是一座橫在海中心的石灰岩,經過海水的洗禮,形成一座橋的型態,成為一座天然拱橋。

▲ Loch Arch Gorge

▲ The Razorback

小貼士

- 沿海的景點都超大風,而且對岸就是南極,風比較冷,最好戴帽。
- 這一帶陰晴不定,最好穿防水有帽子的衣物。

企鵝島 Phillip Island

Phillip Island 之所以稱為企鵝島，是因為這裡能看到企鵝家族裡面，體型最小的 "小企鵝"。牠們的高度只有大約 40 多釐米，非常可愛。每天都有很多人到 Phillip Island Nature Parks - Penguin Parade 觀看小企鵝回巢，也是在 Phillip Island Nature Parks 5 個公園裡面，最受歡迎的。要看到小企鵝回巢，進公園後需要走到沙灘上的看台。到了回巢時間，先會看到一隻兩隻從海裡回來，之後就會看到一群一群的走進公園。小企鵝差不多都上岸之後，可以跟牠們一起走回入口處，途中在行人道的兩旁草地，會看到牠們努力地跑著回家。其實大家只能在看台拍照，由於怕閃光燈對牠們造成傷害，回去的路上是不准拍照的。有一點要注意的是每個月份，小企鵝回巢的時間都不一樣，冬令時間的月份大概是傍晚五到七點，夏令時間的月份大概是晚上七到九點。

▲ Penguin Parade 室內　　　　▲ Penguin Parade 室內雕塑

前往企鵝島沒有公共交通工具，只能自己開車去或跟旅行團。從墨爾本市中心出發，大概需要 1 小時 30 分鐘。如果對樹熊、袋鼠、海獅和其他動物有興趣的話，跟旅行團也是一個好選擇，通常他們會多去幾個動物園。

企鵝紀念品

小貼士

- 小企鵝回巢的時間可以在 Phillip Island Nature Parks 的網站找到，官方建議在預計回巢時間前 1 小時到達。
- 冬天去看小企鵝，建議多穿衣服和戴帽子，會很大風。

彩虹小屋 Brighton Beach Bathing Boxes

彩虹小屋是一個墨爾本必到的打卡點。就在 Brighton Beach 的中部，82 間擁有不同色彩，但卻整齊排列的彩虹小屋就在眼前。它們有的畫上了澳洲國旗，有的塗上了配搭好的色調，有的畫上了海浪、鳥等大自然的圖案，色彩繽紛。別看它們好像很年輕的樣子，其實它們已經有一百多年的歷史，以前是用來給女士們更衣的。

來這裡的朋友，除了和彩

▲ 彩虹小屋

虹小屋拍照外，別忘了遠眺一下對岸的風景。想擁有一間彩虹小屋，坐在裡面看風景，卻不是一件容易的事。一個小屋的價格大約在 20 萬澳幣左右，價值不菲；要賣的人也不多。

　　這裡距離市中心才 13 公里，開車加小塞車也是大約 30 分鐘，火車的話就要大約 40 分鐘。乘坐火車的朋友，可以在市中心的 Flinders Street Station 乘坐 Sandringham 線往 Sandringham 方向，到 Middle Brighton Station 下車，往海邊走大概 16 分鐘就可以到達。走過去的途中，也能看到不同風格的豪宅，這裡果然是一個有錢人區。開車的朋友可以直接停在 Bathing Boxes 上面的停車場，下車後走下沙灘就是小屋。

小貼士

- 去彩虹小屋的朋友最好選晴天，在墨爾本雖然很難有一整天晴天，但最少選一天不下雨的，這樣可能等到一刻鐘有太陽。沒陽光的話，這個位置大風，又冷又陰，完全拍不出好照片。

莫寧頓半島 Mornington Peninsula － 泡溫泉

　　提起莫寧頓半島，大家第一樣想起的就是泡溫泉。其實這裡只有一間溫泉度假會館，名為 Peninsula Hot Springs。這間會館的環境優美，溫泉區設計成一個花園，裡面共有二十多個不同功效、不同水溫的水池。在公眾浴池裡面我覺得最特別的是 Hilltop Pool 和 Amphitheatre。在進入溫泉區後的右手邊，從小路走過去會看到一個山洞，那是 Cave Pool，在山洞裡面泡溫泉。不知道是不是因為在山洞裡，蒸氣走不出去，所以泉水特別熱。往上走一會，是蒸氣及桑拿房，外面有冷水可以降溫。至於 Hilltop Pool，位於整個泉區的最高處，在蒸氣桑拿房再往右走上小山的山頂就到了。這裡環境非常好，從池裡看下去是一大片的草地和天空，自然風景一絕，很多宣傳照也是在這裡拍攝的；但是長時間很多人，假日去，根本要排隊等人走，才可以進池。Amphitheatre 池在入口的左手面，那裡有很多差不多大小的池，以階梯形式興建。中間有一個講台，定時有人教授瑜珈。除了以上幾個池之外，這裡還有很多不同類型的池，比如：熱泉水按摩池、腳底按摩徑等等；有需要的話，也可以選擇水療服務和私人浴場。當然肚子餓的話，裡面也有餐廳。

▲ Hilltop Pool 風景

▲ Amphitheatre

門票方面，公共溫泉區成人票價約由 $35 AUD 到 $55 AUD 不等，視乎進場時間和進場日期而定，其實已經比不少墨爾本的溫泉中心便宜。 自己買門票的話可以在 Peninsula Hot Springs 網站上購買，公眾浴場要選擇 "bath house bathing"。如果享用水療服務和私人浴場的，需另外收費，網站上也可以購買套票。

▲ Relaxology Walk

莫寧頓半島還有一個比較好玩的景點 - Ashcombe 迷宮花園及薰衣草園 (Ashcombe Maze & Lavender Gardens)。要看薰衣草的朋友最好在夏天的時候來，冬季是看不到薰衣草的。Ashcombe 迷宮花園是南半球最大的樹籬迷宮，是一個由 1200 多株玫瑰造成的環形迷宮。迷宮裡面的灌木比人高，走進去有撲朔迷離的感覺，但不用擔心，正常情況下是可以走出來的。迷宮外的花園種滿不同種類的植物，也有涼亭和水池，別有一番韻味。入口處是一間薰衣草專賣店，有薰衣草肥皂、飲品、雪糕等，走累了可以在裡面休息一下。

▲ Ashcombe 迷宮花園裡面

前往莫寧頓半島，從市中心開車大概需要 1 小時 30 分鐘。到以上景點，想乘坐公共交通工具的話，非常輾轉，幾乎算是不可能。

小貼士

- 溫泉的門票只有限制入場時間，沒有限制泡多久。Budget 有限的朋友，平日前往，不妨選擇比較早的時間 (早上九點前)，價格有機會比下午便宜 $20 AUD。
- 比起其他維多利亞州的溫泉，這裡算便宜，但也比較多人。
- 想泡溫泉的朋友記得提早訂票，不一定能 walk-in。
- 溫泉區可以租毛巾，$5 AUD；浴袍 $12 AUD。冬天去的話，建議自備拖鞋，因為地板非常粗糙，重點是一地水，非常冷，腳板底真的會凍僵。
- 溫泉區地圖可在 Peninsula Hot Springs 網站下載。

Daylesford + Lake Daylesford 一日遊

　　Daylesford 是山區附近的一個小鎮，是春秋天郊遊之選。這裡保留著幾十年前的古樸建築和風土人情，連部分餐廳裡面的裝潢也散發著維多利亞時期的氣息。這裡還有水有木，一片片大自然好風光。

　　秋高氣爽，星期日的一大早，我們就從市中心出發，開車到 Daylesford，大概 1 小時 30 分鐘就到了。第一站是市集。它就在 Daylesford 舊火車站旁，旁邊有一塊空地可以停車。一下車就聞到炒栗子的味道！栗子攤就在入口附近。這個市集不大，分成兩條主路，小攤的種類繁多。除了賣栗子的攤檔，還有售賣乾果的；往前走一點有熟食攤。一路也有售賣蜜糖、手工肥皂等本土產品。兩條主路的連接處有一攤放了小羊、小貓、小狗等小動物，有很多小朋友在裡面玩。第二條主路比較多農作物賣，我們買到了紫色的胡蘿蔔，有不少沒見過的蔬果。還有一攤比較特別

的是賣舊物，好像是一個老人家把自己家裡的舊物拿出來賣，很
有年代感。要注意的是，市集只在星期日開放，而且只開到中午
左右。

▲ Daylesford 市集

▲ Daylesford 市集

順帶一提的是市集旁邊的 Daylesford 舊火車站，非常古老，
源自 1880 年，有一百年的歷史。現在雖然停用了，但逢星期日
都有觀光火車出發，遊覽附近小區。整條路線來回一小時，來回
的成人車票約為 $20AUD。

▲ Daylesford 舊火車

▲ Daylesford 街上

離開市集後，在街上，就能看到色彩繽紛的楓葉，從黃到紅都有。在馬路兩旁，就能觀賞到滿地飄落的黃葉。

走了一會，我們就回去拿車開往 Lake Daylesford，途中會經過 Daylesford 的市中心，兩邊是商店和餐廳，沒有準備燒烤或野餐的朋友，可以在這附近吃飯。Lake Daylesford 是一個湖，也是一個公園，裡面主要看水景，公園就圍著這個湖而建。在靠近 Vincent St. 那邊的湖，有一條小木橋，是最佳的打卡位。這裡有燒烤爐，也有大草地，燒烤野餐沒問題。吃飽了可以沿湖而走散散步，雖然樹很多但大部分是平地。

▲ Lake Daylesford 小木橋

▲ Lake Daylesford

午飯後想再去看楓葉的話，可以前往 Wombat Hill Botanic Garden。在公園的中心，有一座塔，爬上去可以俯瞰整片樹林。這裡的樹都很高，非常壯觀。一地的黃葉，更顯秋意。公園裡也有一個溫室，種了不同顏色的玫瑰花，成為了長青花。

交通方面，由於是遊小鎮，開車是最方便的。但 Daylesford 也是一個與公共交通接壤的小鎮，從市中心出發有多個選擇。其中一個是先到 Southern Cross Station，坐 Ballarat 火車線往 Ballarat 方向；到 Ballan Station，再轉 Regional 巴士前往 Daylesford 即可；大概需要 1 小時 40 分鐘。另外一個是在 Southern Cross Station，坐 Bendigo 火車線往 Bendigo 方向；到 Woodend Station，再轉 Regional 巴士前往 Daylesford；大概需要 2 小時 20 分鐘。

▲ Wombat Hill Botanic Garden

小貼士

- 乘坐公共交通的朋友，Regional 火車和巴士約 25 分鐘至 1 小時一班車不等。最好事先查好時間表。
- 小鎮裡有很多旅館，不想趕時間的朋友可以考慮留宿。
- Daylesford 舊火車站開放時間：逢星期日 8 am – 4 pm。
- 市集開放時間：逢星期日 8 am 到 1.30 pm 或 3 pm。(視乎季節而定，而且天氣不佳會提早關門。)

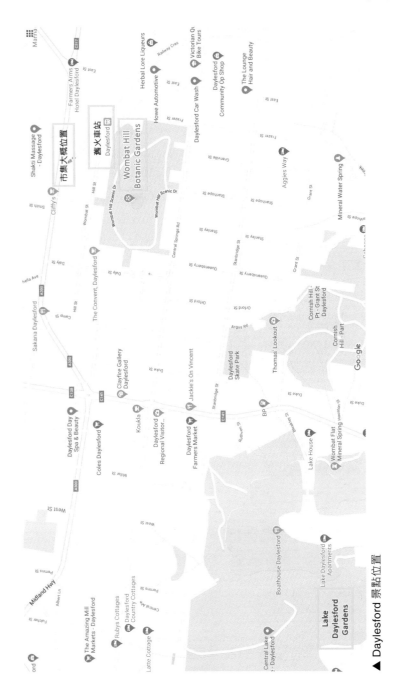

▲ Daylesford 景點位置

墨爾本看秋葉最佳地點之一
- Dandenong Ranges

Dandenong Ranges 是一個看楓葉的山區，除了山上自然的大樹外，裡面還有很多為觀看自然風景而設的花園，比如：Dandenong Ranges National Park、Dandenong Botanic Garden、Pirianda Garden、Alfred Nicholas Memorial Garden 等等。以下主要介紹在 Olinda 小區裡的兩個花園。

又是一個開心的週末，早上大概十一點，我們從市中心開車到 Dandenong Ranges。一進入山區，第一樣事情是減速，因為彎路特別多，被兩旁特高的大樹圍住，幾乎沒有怎麼走到直路。可能因為是陰天，雖然海拔不高，但上山後不久就是霧和濕氣，走得越高霧就越厚，幸好這霧是一陣陣的，但也要非常小心。

我們找的第一個地點是 Pirianda Garden，途中經過 Olinda 區的中心。這個區域的建築古老而高雅，有一點古西歐的感覺。除了賣小飾品的商店，還有一些餐廳。其實一路走來，路上也有一座座獨立的餐館，大部分比較高檔，在這種餐廳吃飯真的有置身在森林裡享用美食的感覺。經過大街，走進了一條比較窄的泥路後，就到達 Pirianda Garden。這個花園的秋葉比較多，有優雅的長凳，又有歐式的涼亭可以拍照。就在入口不遠處的涼亭，旁邊就是一棵高大的紅楓葉樹，打卡一流。比起其他公園，這裡的斜坡比較多，坡度也比較大，從入口進去，就需要往下坡走；可能是因為這樣，來這裡拍照的人不算多，反而比較容易拍出好的照片。

▲ Pirianda Garden

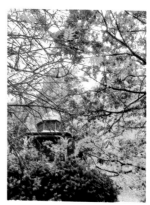

▲ Pirianda Garden

　　離 Pirianda Garden 5 分鐘車程，就到達國家杜鵑花公園 (Dandenong Ranges Botanic Garden)。比起上一個公園，這裡比較大，直接有行山徑可以走。如果只是想閒逛拍照的話，走一半就夠了。一進公園往下看，就是一片顏色鮮豔的植物，地形像一個河谷，中間有一個小湖，這裡必須留影。從右邊的小路走進去，一路黃黃紅紅，還會看到古舊的紅色電話亭。再往裡走就會看到一個比較大的湖，湖水清澈，像一面鏡子，水草的倒影清晰可見，必須拍下來。如果只是想閒逛和拍照的話，走到這裡就可以返回了。

▶ 國家杜鵑花公園

國家杜鵑花公園

前往 Dandenong Ranges 還是建議開車，離墨爾本市中心開車只是 1 小時路程。如果只是想到 Dandenong Ranges Botanic Garden 的話，是有公共交通工具的。需要在市中心 Flinders Street Station 乘坐 Lilydale 火車線往 Lilydale 方向；到 Croydon Station 下車轉乘 688 號巴士，在 Dickens Rd 下車後走 20 分鐘就到達；一共需時約 2 小時。至於 Pirianda Garden，最近的公共交通也要步行 30 分鐘以上，所以不建議。

小貼士

- Dandenong Ranges Botanic Garden 開門時間是 10 am，4.30 pm 就不可以進場，關門時間是 5 pm。
- Pirianda Garden 開放時間是 10 am – 5 pm.
- 再提一下，山中潮濕多霧，彎路多，開車要小心！

墨爾本看秋葉又一地點 - Mount Macedon

這個區域要重點介紹的是一個私家花園。這裡不是深山，反而是一個很愜意的小鎮。路也相對好行。一進去這個小鎮，就已經是楓葉的景區。左右兩旁都是一戶戶的大花園，但不要誤闖，很多都是別人家的花園。就在馬路旁，已經有一排排的樹和散落一地的黃葉紅葉；不用進公園，就已經是拍照的地方。前往目的地途中有一座小教堂，外牆長了攀藤植物，也是紅紅黃黃的，很漂亮。

▲小教堂

▲ Mount Macedon 街上

　　這個區域，要介紹的是一個叫 Forest Glade Gardens 的花園，需要門票，因為它其實是別人的家，是一個私家花園。這裡劃分成不同的區域，建設了不同主題的小花園，有楓葉徑、日式花園、義大利花園等。花園內有不同的擺設，完全融入到風景裡。這是我在墨爾本看到過最好看，而且最多東西看的花園。在中間的大草地拍照最美，有橙紅黃三色的樹。日式花園裡有一座日本寺廟牌門，旁邊就是楓樹，很有特色。至於楓葉徑，就是一條兩邊種滿楓樹的小路。走完整個花園加上拍照，要用上約 2-3 小時。建議早上逛，因為這公園的地形和地理位置，早上陽光會好一點。

▶ Forest Glade Gardens

▶ Forest Glade Gardens

Mount Macedon 在 市 中 心 的 北 邊， 到 Forest Glade Gardens 開車約 1 個小時，沒有公共交通工具。

小貼士 - Forest Glade Gardens 門票約 $10 AUD，開放時間是 10 am，最後進場時間是 4.30pm。

Chapter
9

玩！昆士蘭 - 背包客行程

很多朋友第一次到昆士蘭，又不知道行程如何編排，以下的經驗可能幫到你，現在就開始我們的昆士蘭之旅！

玩！昆士蘭 － 背包客行程

　　昆士蘭州位於澳洲東北面，是整個澳洲最多水上活動的地方。雖然布里斯本是它的首府，但卻有兩個城市也十分有名，分別是黃金海岸 (Gold Coast) 和凱恩斯 (Cairns)；世界寶藏大堡礁 (the Great Barrier Reef) 也在這附近。老實說，如果來澳洲

▲ 昆士蘭州

旅遊，只可以去一個州的話，一定是來昆士蘭州！很多朋友第一次到昆士蘭，又不知道行程如何編排，以下的經驗可能幫到你，現在就開始我們的昆士蘭之旅！

凱恩斯 Cairns

　　這次旅行，以背包客形式進行，沒有開過車。飛機著陸點是昆士蘭比較北面的城市 - 凱恩斯。這裡是一個旅遊城市，以大堡礁著名。路上人很少，正午走在市中心，可以是前後左右加起來都不夠十個人。市中心可以逛的就只有生活用品，反而玩的都在郊區。

▲ 凱恩斯

▶ 凱恩斯火車站

Day 1：為了節省開支，行程排得滿滿的。上午落機，坐機場接送巴士到背包客旅館後，下午就去 bungy jump 笨豬跳。凱恩斯的笨豬跳由 AJ Hackett Cairns 提供，和澳門那個全球最高的笨豬跳是同一間公司。訂票時可選擇免費交通服務以及選擇接送地點。凱恩斯這個笨豬跳不算高，離地只有 50 米，很適合第一次玩的朋友；而且下面是湖，感覺上比較安全。到達後，時間很充裕，可以先觀察一下別人怎麼玩。這個笨豬跳的樓其實比較像一座木塔。不但梯級間是穿空的，而且有點舊，走上去的時候，如果多幾個人一起走，木梯就會搖晃。到了塔頂之後，看著下面，才發現 50 米也有點可怕。可是，要是你不跳，就要再一次從那樓梯走下去；所以跳不跳也是怕。跳之前，可以選擇背水或迎水跳，我是選迎水的。在跳台看下去，真的很恐怖，但你一旦往下跳，就完全沒有害怕的感覺了。最後，會有人划小船到湖中間把你送回岸邊。回到室內，可以購買照片和影片。工作人員看同車的人都準備好離開，就會集合，送參加者回去。這就是我第一次玩笨豬跳的經歷。結論是，我沒後悔玩，但也不會玩第二次，不是因為怕，只是沒想像中的好玩，但人一世物一世，也要試那麼一次。

▲ bungy jump!!! ▲ bungy jump 跳台

Day 2：經過前一天的刺激
活動，這天就去了一個比較休閒
的地方 - Kuranda Village。這
個是少數不建議開車去的景點之
一，因為它連來往的交通都是觀
光點。每天只有兩班火車來回。
我選擇的是早上 9.30 的觀光火

▲ Kuranda Scenic Railway

車 (是比較晚的一班車)。當天一大清早，就來到 Cairns 火車站，
乘坐 Kuranda Scenic Railway。這是一輛比較古老的蒸汽火車，
沿路有山有水，還有小瀑布；經過山中的景點時，會停車給大家
下車拍照。大概 2 小時就到達 Kuranda Village。

▲坐火車途中風景

▲ Kuranda Village 火車站

這條觀光村有很多活動，例如：樹熊園、蝴蝶園、市集、熱
帶雨林遊船等；也有很多賣土著手信的商店和特色餐廳。由於時間
和金錢有限，我只去了樹熊園和其餘兩個市集，分別是 Kuranda
Heritage Market 和 Kuranda Original Rainforest Market，裡面賣
的東西其實差不多，都是原住民的特色手工藝品；有一點值得注意
的是觀鳥園和樹熊園的入口都在 Kuranda Heritage Market 裡。樹
熊園是需要門票的，但來昆士蘭一定要去看樹熊，因為全澳只有昆
士蘭州允許抱樹熊，所以機會難得。除了官方建議的活動之外，其

實村裡還有幾條不算長的行山徑，都是在熱帶雨林中，被超高的樹圍著；要不就在河邊。大概三點鐘，我就往纜車站走去，乘坐Skyrail Rainforest Cableway 下山，官方預算最後一班車在下午3.45 開出，排隊的人很多。這裡的纜車是吊在空中的那種，腳下就是熱帶雨林，前方是大海和太陽，景色很美。纜車下山後，有接駁巴士送遊客回 Cairns 火車站。這就完成了一天的行程。

▲ Kuranda Village

▲ Kuranda 市集

▲樹熊園

▲抱樹熊

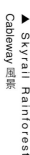
▲ Skyrail Rainforest Cableway 風景

Day 3：又來點刺激的 – skydive 高空跳傘。跳傘的地方，可以選擇跳海或跳地，跳海比較貴。由於我買了團購，差不多半價，我當然選擇了跳海，機構是 Skydive Mission Beach。不要覺得高空跳傘就幾分鐘，很快就好，其實並不是這樣。整個活動進行了大半天。早上六點多，從凱恩斯出發，坐著由跳傘機構提供的接送巴士，花了大約 2 個小時，來到了跳傘地點 Mission Beach。一開始是登記和簽生死狀。登記需要提供身高和體重，這個資料很重要，因為他們會因應這些資料安排適合的教練。還有就是選擇要不要附加服務，例如：教練攝影跳傘過程、跟拍攝影跳傘過程 (有另外一個跳傘人員和你跟教練差不多時間跳，跟著你們拍攝)，還有其他紀念品。之後就是等，要等到天晴，沒有厚雲才可以跳。那裡有一個大廳，可以喝東西，和朋友聊聊天。等到差不多可以跳傘，他們就會安排一對一的教練，講解跳傘時要怎麼做和一些注意事項，還有穿上安全帶。由於我購買了教練拍攝跳傘過程，所以在這個時候還會錄一段影片，說一下跳之前的感受。

大家準備好了，就坐上旅遊巴來到一個小機場。登上小型飛機，這架飛機沒有一般的座位，只有像是一排小板凳的東西。這時候，你的教練會坐在你後面，把他和你的安全帶扣上。飛機上到 12000 ft. 的高空，機門就會打開。跳的時候沒有時間給你考慮，也沒有時間給你害怕。他們會叫你把頭往後靠到教練的肩膀，然後教練就會和你跳下去。一跳下去之後是 free fall 一分鐘，就是不開降落傘飛一分鐘。這時候，真的是爽呀！穿過雲層，雙手觸及到雲朵，溫度比地面低；最好在 free fall 的時間不要開口，因為風很大，臉會被吹到變形。過了一分鐘後，教練會打開降落傘，下降速度會突然減慢，這時候，就可以欣賞腳下的美景，是金光閃閃的大海呀，著陸前還會旋轉一下。最後就在沙灘上著地，這裡不用擔心，其實第一個碰到地面的是教練，你只需要著陸後站穩就好。這就完成了人身中第一次高空跳傘。回到登記大廳就可以坐車離開。結論是，高空跳傘真的很好玩，有機會我會再玩。

▶

高空跳傘

小貼士

- 選擇住背包客旅館的朋友，據個人經驗，YHA 比較多亞洲人。住過的背包客旅館中，除了 YHA，Greenhouse 和 Base 也算是不錯，而且都是連鎖店。
- 住背包客旅館的女生要注意，住男女混房的通常都是男生，女生很少或沒有；而且雖然比較便宜，被子和其他配套可能比女生房的差。
- 從凱恩斯機場到市中心沒有公共交通工具，可以在網上先訂購機場接送巴士，或直接在機場買票。
- Kuranda 的來回觀光交通套票可以在 Kuranda Scenic Railway 網站訂購。
- 買高空跳傘票時，可以先查看一下團購網。

布里斯本 Brisbane

　　布里斯本不是一個旅遊城市，而是一個商業城市，也是東澳熱帶地區的中轉站。而我來這裡的目的是坐飛機。因為我要去的下一個地方只是一個小鎮，只有大城市才有航班。

　　Day 4：從凱恩斯飛到布里斯本，在這裡住了一個晚上，算是到此一遊。我對這裡的第一印象不算很好，市中心的火車站像九十年代的石屎建築，感覺有點舊。就算在市中心，路上的人也不多。在這裡，我去了故事橋 (Story Bridge) 和布里斯本河 (Brisbane River) 附近走了一下，還有就是在市中心閒逛了一下，也進去了美術館和圖書館。比較特別的是，我看到警察在公園內騎馬巡邏。整體感覺是，這裡是一個不多人的商業城市，吃東西比澳洲前兩大城市便宜。

▲布里斯本

▲布里斯本市中心

▲布里斯本河

▲警察騎馬巡邏

艾爾利海灘 Airlie Beach + 大堡礁 Great Barrier Reef

先說一下來艾爾利海灘的原因。艾爾利海灘不只是一個海灘的名字，它還是一個小鎮的名字。我來這裡是因為要去大堡礁。很多人去大堡礁會選擇前往靠近凱恩斯的那塊，凱恩斯外海有個叫 Green Island 的小島，大堡礁就在那附近，去起來比較方便。但是，靠近澳洲的大堡礁其實很大，從凱恩斯外海一直到黃金海岸外海都有，是斷斷續續的一條堡礁。艾爾利海灘位於凱恩斯和黃金海岸中間，靠近艾爾利海灘的這塊，去的人比凱恩斯少。傳說中的心形島寶礁 (Heart Reef)，就在這裡！來艾爾利海灘出海，是看心形島最經濟的玩法。當然，你可以從凱恩斯直接直升機來回心形島看，但價格就不一樣了。

▲ 艾爾利海灘機場 – Whitsunday Coast Airport

▲艾爾利海灘的其中一個沙灘

Day 5：從布里斯本飛到艾爾利海灘。到步的第一天，當然是到處走走，發現這裡只是一個旅遊小鎮，有一條主街，除了旅行社之外，大部分都是售賣潛水用品，也有一些日用品店。餐廳和酒吧也是休閒型。主街離海不遠，走到海旁有幾個沙灘，可以曬曬太陽。

▲艾爾利海灘主街

▲艾爾利海灘的沙灘入口

Day 6：去大堡礁，一定是跟船出海。我在一間華人旅行社買了去大堡礁的船票，一大早就上旅遊巴出發到碼頭。雖然我是從華人旅行社買票，但提供服務的卻是一間本地的旅遊公司。買票的時候有很多選擇，有些是坐船出海直升機

▲大堡礁海面

回程、有些會包潛水等等。我買的是坐船來回，最便宜。潛水、直升機看心形島等活動，可以在船上報名。雖然坐船到大堡礁浮台要差不多 2 小時，但完全不悶。首先是看看一望無際，四邊連船都沒有的大海。之後是報名參加活動。我報了坐直升機看心形島來回浮台，這比看心形島直接飛回岸便宜。其實這項活動可以提早預訂，但最少兩人才可以訂，而我只有一個人，旅行社建議我在船上報名，工作人員會安排。此外，我還參加了潛水活動，沒到浮台之前就已經和教練及組員交流。隨後，就是船票包的自助餐，但大家不要有太高期望。

▲大堡礁直升機

▲大堡礁直升機內部

到了浮台後在這走走逛逛了一會，就可以上直升機了！我被安排到前座，機師就在我右手邊。前面是透明的落地玻璃，可以清楚看到海上的大堡礁，藍藍綠綠的。飛了幾分鐘就看到了那塊傳說中的心形礁石，真的很神奇，但是它比我想像中小，可能只有幾米。回來後，在浮台參加潛水建議訓練。由於我不懂游泳，有點怕，所以一組四人，我被安排為第一個跟著教練，服務非常貼心。

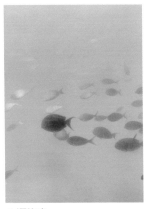
▲深海魚

最後我們潛到水深 8 米。在水裡，不但看到不同型態的珊瑚，還會看到很多不同顏色，不同品種，大小不一的熱帶魚。這些魚的顏色，真的是藍黃橙綠都有，幸運的是我們這次看到了好大的魔鬼魚，就在我身邊游來游去，這種感受真的畢生難忘！除了以上活動之外，不想下水的朋友可以到水底廳，也能看到一點海底下的海洋生物。還有就是浮潛，免費的，看到的小魚比較多。差不多下午一點，我們就回去了。晚上約了在大堡礁團認識的幾個朋友出來小酌，其中一個還是潛水員，所以有人帶路，發現在這個小鎮原來也有酒吧，但都是比較休閒的類型。

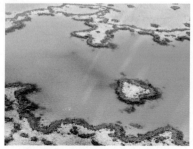
▲心形堡礁

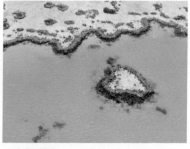
▲心形堡礁

▲浮潛

▲潛水

小貼士

- 大堡礁在外海,海水的衝力比岸邊大非常多,完全可以把人推動。P.s. 海水鹹到苦,儘量不要喝到。
- 在外海下水,建議穿救生衣,浮條的浮力可能不夠,因為浪比較大。
- 來回艾爾利海灘的航班,每個國內大城市每天只有一班。

▲艾爾利海灘、大堡礁及周邊島嶼

黃金海岸 Gold Coast

　　Day 7：先從艾爾利海灘坐飛機到布里斯本；再從布里斯本坐 Airtrain 火車，大約 1 小時就來到黃金海岸。我對抓蟹、遊河等經典活動興趣不大；其實來黃金海岸要不就是看海灘、滑浪；要不就是去主題公園。這次黃金海岸旅行我沒有報團，只是看海和看看這個城市。這個城市相對於之前去過的其他昆士蘭城市都要熱鬧。晚上到處都是人，吃喝玩樂、夜店，林林種種。市中心有一個很大的購物娛樂區，就在 "衝浪者天堂" Surfers Paradise。這裡連著沙灘，走出去就是世界滑浪者嚮往的大海灘，海岸線有 57 公里，根本看不到盡頭，非常壯觀。白天來衝浪，躺在細沙上日光浴；黃昏到海灘前的市場 Surfers Paradise Beachfront Markets 逛逛；晚上回到市中心吃飯喝酒；可以整整玩一天。市中心這裡，幾乎是一條街一條河，是地水相連的設計，很特別的一座城市。

　　Day 8：最後一天，在附近吃了個早餐就去機場回悉尼，機場距離黃金海岸市中心大概 1 小時車程。

▲ Surfers Paradise 海灘

▲ Surfers Paradise

▲ Main Beach

▲ Surfers Paradise 市集

▲黃金海岸市中心

　　除了那次背包客之旅外，我還去了幾次黃金海岸。其中一次是三天兩夜之旅，主要去了主題樂園。黃金海岸除了是滑浪者的天堂外，還是主題樂園的天堂。在這個城市，就有七個主題樂園，比較有名的有：Dreamworld、Sea World 和 Warner Brothers Movie World，其次是 Wet n Wild Water World。這些樂園都有機動遊戲，只是各有各的主題。Dreamworld 最刺激，有全澳最快和最長的機動遊戲。裡面有 38 層樓高的跳樓機，還有時速 64km/h 360 度旋轉的機動遊戲。有專為小朋友而設的遊戲區，還可以看老虎。Sea World 主要看海洋動物，有北極熊、企鵝、海獅等；也有海洋動物表演，比較適合小朋友。Wet n Wild Water World 是一個水上樂園，有水上機動遊戲和其他水上遊樂設施。它們的主打是大浪池，是一個 30 米高的碗型設施，人可以旋轉往下。這次旅行我只去了 Warner Brothers Movie World。這個樂園比較特別，很荷里活。裡面都是從電影裡走出來的人物，機動遊戲也是以電影為主題，但有點不夠刺激。在這玩跳樓機的朋友，不妨趁著停在半空的時間，高處俯瞰，可欣賞到樂園的另一番景色。除了遊戲，這裡還有表演和巡遊，有經典的翠兒、蝙蝠俠、賓尼兔等，滿滿的童年回憶。

▲ Warner Brothers Movie World 正門

▲ Movie World 機動遊戲

▲ Movie World 巡遊

▲ Movie World 巡遊
- Sylvester the Cat

小貼士

- Surfers Paradise Beachfront Markets 不是每天開放，只有逢星期三、五、日 5pm –10pm 開放。
- 注意！海灘上偶爾會有水母及其他海洋生物，千萬不要碰，很多都有毒，而且可能是劇毒，有人被毒死。海灘上比較多的是一個個藍色的生物，牠們是藍色水母，有毒，不要碰。
- 如果有幾天時間，想去三個或以上的樂園的話，買套票比較划算，門票在 Village Roadshow Theme Parks 網頁有售。

休閒之旅 － 漢密爾頓島 Hamilton Island + 白天堂沙灘 Whitehaven Beach

　　漢密爾頓島是降靈群島 Whitsundays Islands 的其中一個島嶼。位於艾爾利海灘對出的海面。其實前文提及，從艾爾利海灘前往大堡礁的輪船，會停漢密爾頓島這一站。這個島十分休閒，沒有很多刺激的活動，適合放鬆心情。可以玩的東西很多，例如：跟團出海、浮潛、去大堡礁、直接飛去看心形島、滑翔傘、四驅車等等… 這個島雖然美，但東西出名貴，無論機票還是住宿，幾乎所有吃喝玩樂都比較貴，當然並沒有背包客旅店。要逛的話，大半天就能把這島逛完，幾乎所有店都聚在海邊，店也不多。這裡的交通不太方便，建議租輛哥爾夫球車，不然就只能靠走路。

▲ Hamilton Island

▲ Hamilton Island 碼頭

　　和艾爾利海灘一樣，每個國內大城市每天只有一班航班來回。從悉尼出發，大概中午到達。下午就到了島上最繁華的一帶吃東西，中間卻發生了小插曲。我坐在室外吃三明治，一隻鳥，大概有一隻手掌高，飛到我的桌面，一口把我還沒開始吃的三明治勾了起來。我當時真的很生氣，用叉子柄打了牠的頭一下，感覺牠定格了一會。我立即嘗試把三明治從牠勾子裡扯出來，最後牠勾著一半飛走了。這裡的鳥雖然顏色鮮豔，很漂亮；但是牠們不怕人，會搶食物，大家要小心。

離開商業區後，我們到了附近的 One Tree Hill 看風景。這裡可以俯瞰整個島，也能徒步，山路算平坦，還可以在山上的小酒吧聊聊天。晚上我們回到商業區的餐廳，這裡的餐廳集中在海畔，可以看著大海品嘗美食。餐後，可以往商業區裡面走入一點，有一間小清新的酒吧，感覺不錯。

▲ One Tree Hill 風景

▲ One Tree Hill 酒吧

▲ One Tree Hill 山上

▲ Romano's Italian Restaurant 食物

▲ Ramano's Italian Restaurant 景觀

第二天有一整天時間，當然可以出海。由於我已經去過大堡礁，所以這次就去白天堂沙灘 (Whitehaven Beach)。大概 1 個小時的船程，就到達了。這個地點真的非常驚豔！沙灘一片白色，而且沙粒很舒服，第一次感受到這麼白又那麼細的沙。海水十分清澈，比澳洲的任何一個海灘都要清，果然是外海的海水。雖然看不到那些五顏六色的深海魚，但是在岸邊的海水，就有很多小魚在游泳。玩水的時候，牠們就在你身邊游，有帶浮潛工具的會看到更多。這絕對是我去過最美的沙灘。

▲ 白天堂沙灘

小貼士

- 漢密爾頓島的哥爾夫球車需要預訂，不然可能會租不到。
- 漢密爾頓島的所有東西都可以在 Hamilton Island 官方網站預訂，建議所有活動提早預訂。
- 在白天堂沙灘建議配戴太陽眼鏡和塗防曬，白沙灘的光比一般海灘刺眼。
- 會暈船浪的朋友，在碼頭售票處可以拿暈浪丸。

Chapter
10

玩！西澳 - 自駕遊行程

這次遊西澳是自駕遊之旅。西澳是全澳最大
的州，有很多自然風景可以看。

玩！西澳 - 自駕遊行程

　　這次遊西澳是自駕遊之旅。西澳是全澳最大的州，有很多自然風景可以看。景點一般距離珀斯比較遠，而且大部分沒有公共交通工具能到。想去的話就只能跟旅行團或自駕遊，有些地方甚至連旅行團都沒有，只能自駕遊。這次旅行我們只租用普通私家車，沒有租用房車，路途遙遠的就在附近的小鎮住一兩晚。

　　Day 1：下午在珀斯下飛機，就在機場拿預租好的車，到了拿車櫃台，工作人員竟然跟我們說我們訂的車沒有了，只能給我們差一點的車，聽說這情況很常見。眼見附近的租車公司都關門了，我們只好將就。第一晚，就在珀斯住了一晚。

▶珀斯市中心

小貼士

- 就算預訂好，有些租車公司還是有機會不能提供你租用的車。如果它們給你較低級別的車，必須退回差價。而且有時候可以跟它們談，因為這是它們的錯，這次我們免了一缸油。
- 西澳的時間和香港一樣，沒有時差。

尖峰石陣 The Pinnacles + Hutt Lagoon 粉紅湖 + Geraldton 小鎮

　　Day 2：第二天的行程非常緊密，要完成兩個景點，預計 8 個小時才能完成，所以早上九點準時出發。第一個要去的景點是尖峰石陣 (The Pinnacles)。它位於 Nambung National Park，是一個沙漠地帶，距離珀斯市中心 2 小時 30 分鐘。和新南威爾士州的史提芬港沙丘一樣，是一個離海不遠的沙漠。一路開車過去，路況很好，沒有太多沙地，都是修好的路。到達尖峰石陣後，就看到一大片數不清的石灰岩柱，有大有小的，型態有點像一個個三角形，的確是尖尖的，最高的有 3.5 米，非常壯觀。這裡的沙特別黃，黃到像硫磺的顏色，也算是一個特色吧。高空看下去，真的像是外星人造的奇觀。這裡算是一個知名的旅遊區，所以有觀景台、資訊處及停車場。

▶ 尖峰石陣

▶ 比較高的尖峰石

離開尖峰石陣後，我們就一路出發去 Hutt Lagoon 粉紅湖，又是一躺 4 小時的車程，中間有幾個小鎮可以休息和入油。大家都知道粉紅湖是鹽湖，詳細的形成原因在前文墨爾本粉紅湖中已經提過。比起 Westgate Park 的粉紅湖，這個面積大非常多，一望無際的鹽湖，宛如一面粉紅色的大鏡子。可能由於我是夏天去的，湖水的顏色只呈淡粉紅色。感覺這個湖的鹽分非常高，因為岸邊很難找到泥沙，都是一團團黑爛泥和鹽晶。拍照的時候要小心，我就發生了一個小意外。由於泥巴很軟，我一不小心就把整隻腳陷到爛泥裡。鞋不能要了，黑水濺一身還很難洗掉。我們開車圍著這湖走了一圈，發現湖的兩邊都有拍照位。從湖的靠內陸那邊 (George Grey Dr.) 走，會看到比較紅的湖水；從湖的靠海那邊 (Port Gregory Rd.) 走，會看到比較多不同的風景。

順帶一提的是在西澳的南邊還有一個粉紅湖叫 Lake Hiller，比較有名；但看到新聞說這個湖在夏天有完全白化的現象，去到可能看不到粉紅色，所以就計劃去了 Hutt Lagoon。

▲ 粉紅湖 Port Gregory Rd.

▲粉紅湖 Port Gregory Rd.

▲粉紅湖 George Grey Dr.

看完湖之後，我們就到了附近最大的城鎮 – Geraldton，休息一晚。路程大概 1 小時 30 分鐘。這個鎮可以說是麻雀雖小五臟俱全。油站、大型超市、餐廳和旅館，一應俱全；還有一條小型購物街。這裡位於陸地的邊緣，外面就是印度洋。黃昏的時候太陽特別大，紅紅的就在海平線上，是我看過最美的日落了。不知道是不是這裡的壓力比較小，服務人員都很熱情，很好人。

▲ Geraldton 日落

▲ Geraldton 鎮中心

小貼士

- 在 Hutt Lagoon 拍照要小心，不要太近湖水，因為爛泥很多。
- 看粉紅湖不建議夏天去，因為水比較少，湖面會偏白。
- 開車遠行，最好先查好哪裡有油站，出發前最好把油入滿，這種地方，就算道路救援可能也要數小時才到。

Lancelin 沙丘

　　Day 3：我們直接從 Geraldton 開了 3 小時車，來到下一個景點 - Lancelin 沙丘。本來對這個景點沒太大期望，只是因為它是一個有名的景點，而又順路，在回珀斯的路上，才去看一下。誰知道有那麼大的驚喜！這裡的沙超級白，而且很細。本以為只是一個普通的小沙漠，想不到好像白天堂一樣。萬里的晴空配上一個個白沙丘，超美的！說到玩，沙丘不離滑沙和 4WD 俯衝沙丘。由於我在新州的史提芬港（前文有介紹）已經玩過沙丘，這次我就只是滑沙。比起史提芬港的沙丘，我更推薦這個，因為漂亮很多，而且沒那麼商業化。這個沙丘的地理位置不一定要 4WD 才能進去，直接把車停在附近就可以走去滑沙。這裡風非常大，要是把鞋放在沙上，兩三分鐘就被埋了。沒有滑沙板的朋友，要先到 Lancelin 小鎮，租用滑沙板，價格都是合理的。怕板太滑的朋友，記得用租板店裡的蠟筆畫一下板底。

　　完成沙丘景點後，大概 1 小時 30 分鐘的車程，就回到珀斯了。

▶ 滑沙

▲ Lancelin 沙丘

▲ Day 2 及 Day 3 行程

波浪岩 Wave Rock

Day 4：第四天，馬不停蹄的又遠行了。波浪岩位於一個叫 Hayden 的地區，選擇當天來回波浪岩的我們，早上八點多就出發，一路向東，來回光是車程預計 8 小時。先說說這段路，有鋪好的路也有泥沙路，不少人逆行超車，也有大貨車經過，路況一般。叉路不少，容易走錯，看導航的人要小心。重點是，這裡的路，並不是條條大路通羅馬，錯了很多時候要掉頭回去。好在，一半路程之後小鎮一個接著一個，不難找到休息的地方。我們到達波浪岩剛好是中午，走進去就能看到一大塊像巨浪一樣的石頭，上面還有很多豎痕，像是大浪撲過來的型態。很多人在這個位置拍完照就走了，我們卻爬到波浪岩石頂，這裡還有其他小一點的石頭，形狀也很有趣。站在波浪岩上，可以俯瞰附近一帶的景色。這石上面雖然有指示牌，但有點不清晰，所以想上石頂走走的朋友要記一下路。

從波浪岩下來後，我們在景區的餐廳坐了一下，吃了點小食。這間餐廳的廚房下午就不提供食物了，但還有一些小食可以買。之後，我們就一路開車回珀斯。

▶ 波浪岩

▶ 波浪岩上風景

小貼士

如果從珀斯出發當天來回，一定要早出門，尤其是冬季，最好天黑前回到珀斯的公路。晚上不建議在這段路開車。

珀斯 Perth + 珀斯鐘樓 The Bell Tower + 伊莉莎白堤岸 Elizabeth Quay

Day 5：珀斯市一日遊。珀斯是西澳的首府，也是西澳發展得最好的一帶。終於有一天比較休閒，中午才出門，但運動量並沒有減少，因為大半天都是走路。我們住的地方在市中心，離天鵝河 (Swan River) 的入海口

▲ Swan River

不遠，走路不到 5 分鐘就能看到河和 Langley Park。這條河的顏色偏綠，而且河水應該很深。

沿著河散步往西走，就走到珀斯市內的一個景點－珀斯鐘樓 The Bell Tower，又名 Swan Bell Tower，樓高 82.5 米。這個建築之所以成為鐘樓，是因為雖然它外觀沒有鐘，但是建築內部收

▲珀斯鐘樓

▲往樓頂的樓梯

集了 18 個大銅鐘，是世界上第二大的一組銅鐘組合，定時有人演奏。演奏時，有一層可以看到很多個大鐘在搖，發出音樂聲。不知道是不是心理作用，他們在演奏的時候，我感覺到整座鐘樓也有點搖晃。走到樓頂就是能看到整個城市的觀景台。

在鐘樓的附近，就是其中一個前往羅特尼斯島 (Rottnest Island) 的碼頭，本來打算省一下網上預訂的手續費，在碼頭買票，結果買不到，只好上網買明天的票。這個碼頭有很多餐廳，底層的餐廳比較實惠，所以我們就在一間西餐廳吃了點小食，雖然食物普通，但可以一邊吃東西，一邊看著海和海鷗在覓食的風景，景觀不錯。

繼續往西走，就來到伊莉莎白堤岸 (Elizabeth Quay)，一個新修建好的遊客區，看海一流。有很多小朋友在中間的噴水池玩水。往外一點，就是 Elizabeth Quay Bridge，是一座行人的觀景橋。橋的設計十分有現代感，兩邊是市景和河景，絕對是新興的打卡點。

▲伊莉莎白堤岸

▲ Elizabeth Quay Bridge

▶ Elizabeth Quay Bridge 風景

　　下午的時候,我們就走回市中心,大約 15 分鐘。閒逛了一下購物區,沒什麼特別。不知道是不是因為樓宇密度不高,這裡從早到晚都很大風,特別是晚上。其實這晚不是我們第一次來市中心,前幾晚也有出去吃飯,發現餐廳的價格,比悉尼和墨爾本低。唐人街的東西也不會特別貴。晚上,街上的露宿者比較多,感覺人流比較雜,甚麼人都有,土著也不少。感覺治安一般;還有專門聊事的人,挑釁我們。雖然晚上到處都是警察,但為安全計,我們還是提早回酒店了。

- The Bell Tower 開放時間為 10 am，最後進場
時間是 3.45 pm。

弗里曼特爾 Fremantle +
羅特尼斯島 Rottnest Island

    Day 6：弗里曼特爾 (Fremantle) 是一個在市中心西南面的社區。這裡距離市中心開車約 30 分鐘車程；坐公共交通工具的話要 40 分鐘，直接可以在 Perth 站坐火車到 Fremantle 站。走進這個沿海的社區，就能感受到一股文化氣息。一大片都是矮樓，而且不少老建築都是用石頭建的。原來這個小區歷史悠久，英國在一百多年前曾經考慮在這裡殖民。這裡有很多古老的英式建築，都是文化遺產。我們稍微逛了一下，就坐船去羅特尼斯島 (Rottnest Island) 了。

▶ Fremantle

　　其實這次不是特地來弗里曼特爾，只是因為在這裡坐船到羅特尼斯島比較划算。在這裡坐船到羅特尼斯島最快只需要 30 分鐘，而票價只是從市中心出發的一半；市中心直接出發到島要 2 小時。

　　在羅特尼斯島，幾乎是你想得出來的戶外活動都有。小朋友樂園、踩單車、釣魚、出海，甚至跳傘等活動都可以在這裡進行，還有十幾個不同的團可以報名。如果有時間，就可以在島上住一晚，慢慢玩。碼頭和發展得比較多的地方在島的東面，我們大概十二點鐘到達島上，一下船我的朋友就拉著我去找一種，只有在這個島上才有的小動物 - 短尾矮袋鼠 (quokka)。與其說牠是一隻袋鼠，不如說牠是一隻加大版的蒼鼠。牠確實長得很可愛，鼻子有點像樹熊的鼻，嘴巴總是彎著，所以好像在微笑。目測島上最高的只有 50 釐米。在 King Street Oval 公園附近就能找到牠們。

▲羅特尼斯島碼頭附近

▲短尾矮袋鼠 quokka

在東岸，從碼頭步行約 10 分鐘就能到達 Mushroom Rock Lookout，這個位置能看到漸變藍色的大海，水清到能看到水中的礁石，而且這片海面上的遊艇不多。沿著海岸線走多 4 分鐘，就能看到 Bathurst Lighthouse，也是一個打卡位。這裡附近有一個叫 Pinky Beach 的海灘，人不多而且景色美，是下水的一個好選擇。沿路再走 11 分鐘就能到達 The Basin。這是一個比較特別的沙灘，特別在於有一大塊礁石在岸邊。這塊礁石雖然在水中，但水位很淺，人們都可以坐在上面玩水。這個沙灘特別多人。我們沿著海岸線再往西走到 Longreach Bay，發現比較多住宅和遊艇，就往回頭走了。在碼頭附近的 Rottnest Bakery 買了一些西餅，味道不錯。其實這個島的中部，也有一個粉紅湖，就叫 pink lake。但是粉紅色的部分不多，只在岸邊有一點點，而且很淺色，有時候還會乾枯。如果沒去過其他粉紅湖的，也可以勉強看一下。由於時間不足我們只玩了半個島，下午四點我們就走了。

▲ Mushroom Rock Lookout

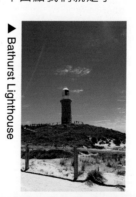

▲ Bathurst Lighthouse

▲ Pinky Beach

▲ Longreach Bay

小貼士

- 網上訂船票到羅特尼斯島的手續費每單要 $20+ AUD，不便宜，如果不是長假期或週末去的話，可以提前最少三天在碼頭買。
- 從市中心到羅特尼斯島單程票價大約 $40+ AUD，從弗里曼特爾出發票價大約 $20+ AUD。
- 建議預早在 Rottnest Island 網站上訂單車，當天不一定能訂到，這個島，只靠走路會有點辛苦。
- 遊羅特尼斯島記得塗度數夠的防曬，很容易曬傷。

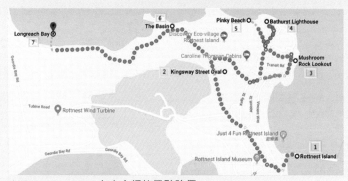

▲ Rottnest Island 文中介紹的景點路徑

天鵝谷 Swan Valley

Day 7：天鵝谷 (Swan Valley) 是一個靠近市區的釀酒區，市中心開車過去只需要約 40 分鐘，位於天鵝河 (Swan River) 的上游。正式走進天鵝谷前，建議先到旅客中心拿一份地圖，地圖上會標明餐廳、酒莊和其他旅遊點的位置。有甚麼問題，也可以詢問旅客中心的工作人員，他們非常熱情。這裡除了酒莊，有朱古力工廠、啤酒廠、養蜂場，還有不少不同檔次的餐廳。由於我們在聖誕假期去玩，很多人都在放假，有不少餐廳和酒莊沒有營業。

▲酒莊葡萄灌木

▲天鵝河上游

▲ Lancaster Wines 酒莊

　　在旅遊中心附近，有一間酒莊 Lancaster Wines，這個品牌我在其他州分的餐廳偶爾都會見到。進酒莊的路，像一條康莊大道，兩邊都是高樹，好像置身於童話。裡面的氣氛輕鬆，品酒的地方在戶外，有音樂，可以買酒和買小食，看著一大片葡萄園喝酒。酒的種類也比較多，我們也買了這家的紅酒。這家酒莊對面是一間朱古力工廠 The Margaret River Chocolate Company，朱古力一般，但雪糕不錯，尤其在炎炎夏日。在聖誕節期間，部分餐廳和酒莊都不營業，我們開車到了天鵝谷的上游，才找到一間評分比較高的餐廳吃午飯。Upper Reach Winery 室外有一個小棚，掛滿攀藤植物，像一個小溫室，我們就在這裡吃飯。吃完飯可以到大草地上走走；也可以品酒，酒種屬於比較醇厚濃郁的類型。可能因為這裡是上游，水流小，河水很黃，沒有下游的漂亮。最後我們到了一個環境很優美的酒莊 Oakover Grounds，裡面有一間比較經濟的餐廳，有一個湖，環境讓人很放鬆。

▲ Upper Reach Winery 酒莊

▲ Oakover Grounds 酒莊

▲ Upper Reach Winery 酒莊食物

　　這裡也是建議自駕遊，因為要一間間酒莊去。最近的火車站是 Midland Station，珀斯市中心有火車到。可是要去天鵝谷，還要轉巴士，非常不便。

　　當天晚上，我們就離開西澳，回悉尼了。

▲天鵝谷酒莊和餐廳行程

Chapter
11

玩！塔斯曼尼亞南部 - 背包客行程

如果有十天假期的話，可以把整個州都玩一遍，很多人會沿著海岸線自駕遊，也有旅行社提供環島遊旅行團。這次背包客之旅，只有六天，計劃行程時查了一下，發現南部比較多東西看，所以只去了南部。

玩！塔斯曼尼亞南部 － 背包客行程

　　塔斯曼尼亞州是澳洲最南的一個島嶼，是最靠近南極的其中一塊陸地。塔斯曼尼亞州的首府是荷伯特 (Hobart)，靠南邊；而另外一個大城市朗賽斯頓 (Launceston)，則靠北邊。來塔斯曼尼亞，遠足徒步，少不了。如果有十天假期的話，可以把整個州都玩一遍，很多人會沿著海岸線自駕遊，也有旅行社提供環島遊旅行團。這次背包客之旅，只有六天，計劃行程時查了一下，發現南部比較多東西看，所以只去了南部。

荷伯特 Hobart 市區

　　Day 1：這次下飛機的城市是荷伯特。荷伯特 (Hobart) 是塔斯曼尼亞州的首府，也是全澳第二古老的城市。市中心不大，人也不多，走路就可以遊覽整個市區。其實落機的時間已經是中午，所以一到青年旅社安頓好後，就立即出門去薩拉曼卡市集 (Salamanca Market)。這個市集下午三點就關門。一般市集有的蜜糖、手工藝品、食物，在這裡都能找到。最特別的一個攤位是售賣薰衣草產品的，可以買到肥皂、香燻、精油等，還有來塔斯曼尼亞必買的薰衣草熊！小熊裡面是滿滿的薰衣草，放到微波爐翻熱就可以熱敷。這薰

▲薩拉曼卡市集

衣草熊算是塔斯曼尼亞的實用特產。除此之外，攤位的一旁有幾間賣書的店，還有一間藝術中心 (Salamanca Arts Centre)，文藝氣息濃厚。

逛完市集，天氣不好，所以沒有在戶外活動，選擇了到商業購物區走一下。這裡也是一座座的商場和百貨公司，不是很特別。比起售賣的東西，更讓我覺得有趣的是，這個城市完全依山而建，就連城市裡面都是斜坡，平路很少。越往內陸走，斜度越大，可以看到斜坡上一座座的建築。逛完之後，在超市買了晚餐，就回旅社了。就算在市區，街上也很靜，所以晚上不敢出門。

▲薰衣草熊

▲荷伯特市區

▲荷伯特碼頭 – Franklin Wharf

小貼士

- 塔斯曼尼亞州的天氣，一天四季，陰晴不定，而且很大風，建議帶防風外套。
- 塔斯曼尼亞州的氣溫一般比其他州低，有從南極吹來的海風。
- Salamanca Market 的開放時間是逢星期六 8.30 am – 3 pm。

布魯尼島 Bruny Island

Day 2： 雖 然說塔斯曼尼亞的景點沒有西澳的那麼遠，但是也絕對不近，所以一日團的出發時間通常很早。去布魯尼島就是早上七點多集合。來這個島是一個比較休閒的活動，要走

▲ The Neck Lookout

▲ Cape Bruny Lighthouse

的路不多。這裡最有名的景點是 The Neck Lookout。宣傳照肯定有這景點的照片。照片大概是從山頂往下看；中間有條路，種滿了樹；左右兩邊都是沙灘和海水，是很奇特的地貌。隨後去了 Cape Bruny Island Lighthouse，可以靜靜地看海。雖然景點不多，但在沙灘散步或山上徒步，也是不錯的。隨後，我跟的團就帶我們去吃島上的生蠔，也有品嘗芝士，活動尚算豐富。這個島其實還有品酒遊艇團，但價格太高，我就沒去了。

▲品嘗生蠔

▲品嘗芝士

- 很多旅行社並不是每天每個景點都有出團，很多時候是每星期固定某幾天出團。最省錢的做法是，把每間旅行社去不同景點的出團日和價格寫下，再夾一下時間。我就是這樣子省了差不多 $60 AUD。

亞瑟港 Port Arthur + Richmond 小鎮

Day 3：又是一大早，就出發到亞瑟港。亞瑟港 (Port Arthur) 主要看的其實是一個古蹟。今天的導遊很貼心，加插了一些景點。前往亞瑟港的途中，繞去了 Tasman Arch。這是一個自然的景觀。一塊很高的石頭，從底部的中間開始被腐蝕，形成一個洞，像是橋的型態。這一帶的風景很美，我們走了一下。之後，就直接往亞瑟港出發。第一站去的是薰衣草園 (Port Arthur Lavender)。雖然這裡沒有北部的那個薰衣草園有名，但是環境也是很好的。由於我去的時候是十月份，還沒到夏天，薰衣草只長了一點，只能看到很矮的草。閒逛完花園，就走進室內的 café，點了一杯薰衣草熱飲，味道很好。

▶ Tasman Sea

▶ Port Arthur Lavender

▲ Tasman Arch

▲薰衣草

▲薰衣草熱飲

　　離開薰衣草園之後，就到當天的重頭戲 - 亞瑟港古蹟 (Port Arthur Historic Site)。在一百多年前，它是一個監獄，滿載著澳洲殖民地時代的歷史。進門後，我跟的旅行團提供了基本的導賞團，介紹了這個地方一下。之後就自由活動，逛了一下，發現原來古時官員的住處佔了不少地方，其他的是牢房、教堂、醫院等建築。原來導賞先前是站在一個叫 The Penitentiary 的地方前講解，那裡是以前的感化監獄；對外的海面是 Mason Cove 海灣。離海不遠的地方有一座 Guard Tower，用來監視整個地方。這裡提供很多不同的導賞團。其中一個團的內容是，白天坐船出海，去一個叫 Isle of The Dead 的小島。那裡是以前的男童院。海上的風景幽美，也能多了解這裡的歷史。晚上也有一個 "幽靈之旅" 團，有人夜裡提著燈籠講故事，感覺很有趣。

▲ The Penitentiary

▲ Mason Cove 海灣

▲ Guard Tower

▲ Guard Tower

　　傍晚時分，我們來到 Richmond – 一個古色古香的小鎮。這裡的橋和房子都是石頭造的，外觀設計成英國風。 有不少賣食品的店和 café。其中有一間糖果店，裡面的朱古力和糖果看上去很好吃。大概五點多，我們就回荷伯特了。

▲ Richmond 橋

▲ 糖果店

小貼士

- 觀看薰衣草最佳季節在夏天。

酒杯灣 Wineglass Bay

　　Day 4：當天是出發時間最早的一天，目的地也是我最推薦的景點。從荷伯特市中心到酒杯灣 (Wineglass Bay) 需要近 3 小時的車程，一大早旅行團六點多就出發了。酒杯灣是一個呈新月形的沙灘，遠看像洋酒杯腳，曾被票選為世界十大海灣之一，位於菲欣納國家公園 (Freycinet National Park) 裡面。進入國家公園後，經過遊客中心，再開車往前一段路就到了酒杯灣的停車場。在這裡，並不能看到酒杯灣，因為它在兩座山峰中間的凹陷處，需要走進去才能到達觀景台。在停車場，沿著 Wineglass Bay Track 這條行山徑走大概 30 分鐘就能到達酒杯灣觀景台 (Wineglass Bay Lookout)。這段路剛開始是平路，之後會微微上斜坡，難度系數不高。觀景台是以由上往下的角度俯瞰酒杯灣。不怕辛苦，又想下水的朋友可以繼續從觀景台沿著 Wineglass Bay Track 往下走，約 30 分鐘後，就能到達酒杯灣。在這裡看到的風景完全跟觀景台的不一樣，漂亮很多！是深藍的海水加上白沙，還有眼前杯腳形的海灣！有時間的話，很推薦大家走下去。下去海灣的路只有一條，不用擔心迷路。可是這一段行山徑比較斜，下去的時候還好，回去可能會稍微有點吃力，大家要量力而為。

▲ Wineglass Bay Track 風景

▲ 酒杯灣觀景台風景

▲ 酒杯灣

▲ 酒杯灣沙灘

晚上回到青年旅館，休息了一下，就和剛認識的朋友出去晚餐。其實這幾天跟一天團都認識到朋友，一個人出行也沒那麼悶。當晚到了荷伯特碼頭附近的 Mures Lower Deck 餐廳吃飯，其實它只是一間快餐，但味道不錯又經濟實惠。

- 酒杯灣裡面沒有洗手間或其他設備。
- 菲欣納國家公園裡面，電話沒有訊號。
- 塔斯曼尼亞的餐廳都比較早關門，可能晚上八點鐘就截單。

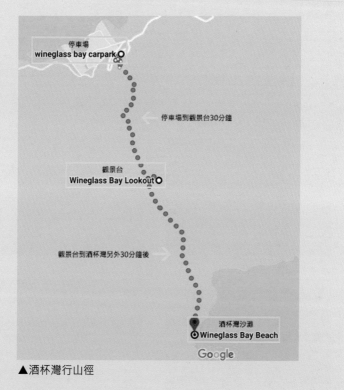

▲酒杯灣行山徑

費爾德山國家公園 Mount Field National Park + 波諾朗野生動物保護基地 Bonorong Wildlife Sanctuary + 威靈頓山 Mount Wellington

Day 5：又是一天爬山之旅。經過 1 小時 30 分鐘的車程，中午前就來到費爾德山國家公園 (Mount Field National Park)。這裡是塔斯曼尼亞州最古老的國家公園，早在差不多一百年前已經開始保育。這裡的景觀非常多樣化，從高山沼澤，到溫帶雨林都能看到。我們先直進山裡的高位，看了 Lake Dobson 和 Lake Fenton 兩個湖，個人比較推薦 Lake Dobson。第一次看到這樣子的地貌，在山中，四面環山，中間有一個湖，旁邊的枯木都是灰白色的，好像電影裡面的滄桑情節。然後，我們回到進山口，在比較低窪的地方看瀑布。導遊把車停泊在 Tall Tree Parking Area，我們就一行人從旁邊的 Tall Tree Walk 行山徑走進去這個溫帶雨林。裡面非常潮濕，也佈滿很多不同品種的植物，不到 20 分鐘，就走到一個小瀑布 Horseshoe Falls。再往回走沿著 Tall Tree Walk 多走 5 分鐘，就到了這山最有名的景點 – 羅素瀑布 (Russell Falls)。這是一個大型瀑布，美得像畫。想多走走的朋友可以往前進入 Russell Falls Creek Track 行山徑繞一圈，也只是十幾分鐘，就會回到羅素瀑布了，之後可以繼續原路回到停車場。

▲ Lake Dobson

▲ Lake Dobson

▲ Lake Dobson

▲ 羅素瀑布

▲ 羅素瀑布源頭

▲ Russell Falls Creek Track

　　下一個景點是波諾朗野生動物保護基地（Bonorong Wildlife
Sanctuary）。這個動物園介紹了一種超可愛的動物，那就是袋
熊 (wombat)。袋鼠就見得多，袋熊還是第一次見。牠是一種澳
洲獨有的熊，腿很短，是爬行的，身型小又微胖，很可愛。除了
袋熊，也能看到袋鼠和樹熊等動物。在這個動物保護基地，只要
買了這裡給他們特製的糧食，很容易就能引牠們過來，可以摸到
小動物。

▲袋熊

▲其他動物

大概下午四點多，我們就來到位於市區，海拔約 4,170 ft.
的威靈頓山 (Mount Wellington)。在這個山上，可以飽覽整個荷
伯特市景，最好就是看日落。貼心的導遊知道山頂可能多霧，在
山腰就停了兩次車讓我們欣賞風景，整個城市一覽無遺。到了山
頂，遇到意想不到的冷，和山下的溫度應該有相差 10 度左右。
就在山頂，有一片名為 The Pinnacle 的石陣，也是景點之一。
由於我去的當天霧很大，能見度應該不到十米，所以很多東西都
看不清楚。但能夠置身於那麼大霧之間，也是一種體驗。

▲威靈頓山半山風景 - 荷伯特市景

▲威靈頓山山頂

晚上我到了另一間酒店，特地訂了一個高層向南的房間住兩
晚，碰一下運氣。看看能不能見到南極光，可惜兩天都很多雲，
甚麼都看不到。南極光其實在白天也會出現，但晚上比較容易看
到。有很多人特地來塔斯曼尼亞南部追南極光，當然，看到的機
會不大。Aurora Australis Forecast 網站提供三天南極光的強度
預測，想追光的朋友不妨留意一下。

小貼士

- 費爾德山國家公園的車路十分顛頗，而且路
  窄，開車要小心。到山中溫帶雨林徒步最好
  穿防滑鞋。
- Bonorong Wildlife Sanctuary 開放時間是
  9 am – 5 pm。然是十月，但威靈頓山上的
  溫度卻非常低。我穿著羽絨，沒戴手套。下
  車不到 10 分鐘，回到車之後，一雙手變了
  紅色，再久一點應該會凍傷。

Mona 新舊藝術博物館

Day 6：當天沒有跟旅行團，下雨天，所以就決定找一個室內的景點。走到碼頭，看到 Mona 藝術館的宣傳，就決定去看看。去這個藝術館最好的方法是坐船，來回船票和門票在市中心 Brooke Street 碼頭就能買到。不同的 Mona 船外層，都塗上了不同圖案。進船已經能感受到藝術氣息。佈置上有高桌，也有不同的凳子。船尾室外的地方，還放了幾隻跟實物大小一樣的羊擺設。大概 25 分鐘就能到達目的地。

▲ Mona Brook Ferry Terminal

▲ Mona 輪船

▲ Mona 輪船內部

一下船就能看到一個相當大的鋼支車雕塑，很震撼。走進藝術館要一直往下走，因為整個藝術館設計在地底。到了地庫底，第一樣看到的，是一個依著石牆的酒吧。往裡走，能看到更多以不同形式表達的藝術，比如：畫作、雕塑、影片、室內空間等…最令我印象深刻的是，水珠從上而下流，流下來的時候成了一個字，覺得很厲害。我幾乎把整個藝術館都走了一遍，發現當代的藝術佔多數。可能是因為這樣，這裡比一般的藝術館來得有趣味，一點都不悶。走了大概兩個小時，我就回去了。準備第二天回悉尼。

▲ Mona 鋼支車雕塑

▲ Mona 藝術

▲ Mona 藝術品

小貼士

- Mona 的冬天開放時間為逢星期三到星期一，10 am – 5 pm，其他日子官方會調整，請參閱 Mona 網址。
- 每天約有 13 班船來回 Mona，另有巴士可以選擇，時間及購票可以參閱 Mona 網址。

Chapter
12

玩！首都領地 - 坎培拉一日遊

坎培拉是澳洲的首都。相傳當年悉尼和墨爾
本這兩個大城市都爭取成為首都，最後決定
了讓在兩個城市之間的坎培拉成為首都。

第十二章

玩！首都領地 - 坎培拉一日遊

坎培拉 (Canberra) 是澳洲的首都。相傳當年悉尼和墨爾本這兩個大城市都爭取成為首都，最後決定了讓在兩個城市之間的坎培拉成為首都。這裡並不是一個旅遊城市，說實話景點不多。我來過幾次坎培拉，主要是因為長假期想離開一下工作的城市。在週末或假期的坎培拉，人不多。這裡離悉尼市中心大概 3 個小時車程。

唯一一個必去的景點是國會大樓 (Parliament House)。從悉尼出發，到達國會大樓之前，通常會經過伯利·格里芬湖 (Lake Burley Griffin)，位置在國會大樓附近，可以順便感受一下這裡的寧靜。到達國會大樓，一進門就能看到很多雲石柱和兩邊的雲石樓梯，同層就能進入 "Great Hall"，是歡迎重要來賓的地方。從樓梯上去，就可以看到畫廊和議政廳入口。部分議政廳可以入內參觀，而畫廊擺放了歷任澳洲總理的畫像，可以了解一下澳洲歷史。當然，英女王的畫像一定不能少。走累了，也有咖啡廳可以休息，戶外也有個小花園。

其他不同的旅行團可能會到澳洲國立博物館 (National Museum of Australia)、澳洲戰爭紀念館 (The Australian War Memorial)、金幣鑄造廠、小人國等，也是可以選擇的景點。它們的距離也不遠。

▶ 國會大樓

▲ Great Hall

▲ 議政廳

▶國會大樓畫廊－伊利沙伯女皇畫像

▲伯利•格里芬湖

▲小人國

小貼士

- 悉尼到坎培拉的巴士白天每小時一班車，可以在悉尼 Central 火車站或機場出發。來回價格大概 $40 AUD。
- 華人旅行社從悉尼出發到坎培拉，一日遊大約 $40 AUD。
- 進國會大樓需要安檢。
- Parliament House 的開放時間是 9 am-5 pm。

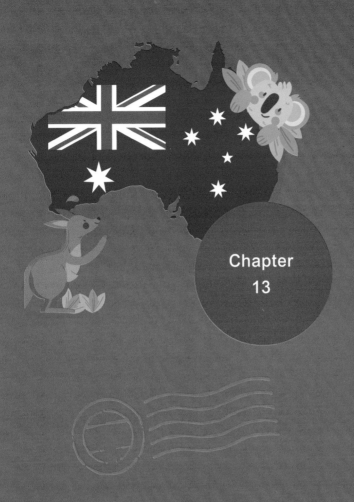

Chapter 13

玩！南澳 - 阿德萊德市區

第一次去阿德萊德其實是和墨爾本一起去的。在悉尼出發，先到墨爾本，再到阿德萊德，然後直接回悉尼。阿德萊德市區給我的感覺是，寧靜而古雅。

玩！南澳 - 阿德萊德市區

第一次去阿德萊德 (Adelaide) 其實是和墨爾本一起去的。在悉尼出發，先到墨爾本，再到阿德萊德，然後直接回悉尼。阿德萊德市區給我的感覺是，寧靜而古雅。

Day 1：由於我住的背包客旅館就在市中心，所以全程步行遊覽，只坐過公共交通工具來回機場。從旅館出來，第一個逛的地方是 Rundle Mall 這條購物街。餐廳、藥店、商場都在這一帶，比較集中。穿過購物中心，往北走在

▲阿德萊德 Townhall

North Terrace 過馬路，對面就是阿德萊德大學 (University of Adelaide)、南澳美術館 (Art Gallery of South Australia) 和南澳州立博物館 (South Australian Museum)。美術館裡面除了南澳當地藝術家的作品之外，也有來自世界各地的畫作。裡面的藝術品多樣化，有現代表現不滿的藝術，也有十八十九世紀的畫作。這裡的建築都是那種古歐式的黃石房，很有特色。繼續往北走就能走到 Karrawirra Parri 河，兩旁都是公園，環境清幽，有時間的話可以在這裡野餐聊天。

▲南澳美術館

▲南澳美術館藝術品

▲ Rundle Mall 購物街雕塑

▲ Karrawirra Parri 河

▲ Rundle Mall 購物街

► 南澳美術館藝術品

　　Day 2：阿德萊德另外一個比較有名的旅遊景點是 "德國村" (Hahndorf)，距離市中心只需約半小時車程。德國村建於 1839 年，當時一些路德教徒為了逃避迫害，來到這裡，而這裡也以當時的船長而命名。"Hahn" 是當時船長的名字，而 "dorf" 在德文就是村莊的意思。這裡記載了早期德裔移民的生活，建築也是古德國的風格。除了在畫廊可以欣賞到德國畫家的作品，還有很多售賣德國風工藝品的店。

▶德國村

▶德國村

▲德國村工藝品

小貼士

- Art Gallery of South Australia 的開放時間是每天 10 am-5 pm。
- South Australian Museum 的開放時間是每天 10 am-5 pm。

**Chapter
14**

澳洲周邊-玩！紐西蘭

紐西蘭的工作假期配額每年只有四百個，逢
四月開始可以申請，而且通常第一天就會額
滿。有申請紐西蘭工作假期簽證的朋友告訴
我，簽證先到先得，需要凌晨的時候搶名
額。

紐西蘭旅遊類簽證

　　紐西蘭的旅遊簽證和工作假期簽證都可以在網上申請，申請程序與澳洲的相似。2019 年 10 月起，旅遊簽只需要在紐西蘭 eTA (Electronic Travel Authority) 上申請就可以，需預留最少 3 個工作天審批。這個簽證有效期為兩年，每次不可以在紐西蘭連續逗留超過 90 日。

　　工作假期簽證則可在紐西蘭移民局網頁開設帳號，提交資料。工作假期簽證在紐西蘭只有一種，就叫 "Working Holiday Visa"。要求和澳洲的差不多，要有大概四千多紐幣的存款，年齡限於 18-30 歲。有一點一定要注意的是，紐西蘭的工作假期配額每年只有四百個，逢四月開始可以申請，而且通常第一天就會額滿。有申請紐西蘭工作假期簽證的朋友告訴我，簽證先到先得，需要凌晨的時候搶名額。

初次遊歷

　　第一次遊紐西蘭也是一個背包客旅行。紐西蘭 (New Zealand) 是西南太平洋上的一個島，首都是威靈頓 (Wellington)，而最繁華的城市是奧克蘭 (Auckland)。紐西蘭主要由南島和北島這兩部分組成，中間是庫克海峽 (Cook Strait)。從澳洲東岸到紐西蘭大約 1500 公里，兩三小時的飛航時間就能到達。這裡以獨特的自然風景著名。有人說塔斯曼尼亞和紐西蘭的風景很相似，但紐西蘭的更漂亮。這句話一點都不假。這次的行程是有史以來的僅湊，九天玩了南島和北島。其實時間上有點不夠，介紹的時候會建議大家哪裡可以多停留一下。如果大家不夠時間的話，我比較推薦只玩南島。

▲ 紐西蘭上空

▲奧克蘭機場

皇后鎮 Queenstown

Day 1：這次我先從南島開始玩起。還沒下飛機，就能在空中俯瞰到南阿爾卑斯山 (Southern Alps) 的雄偉。延綿不斷的山脈，山頂長年積雪。從悉尼出發，經過約 3 小時，就到達皇后鎮，當天只是遊覽一下這個鎮。這裡算是南島第一大旅遊鎮，建築依山而建，山坡比較高。鎮上的商業區就在碼頭一帶。一般生活所需都可以買到，只是商舖的關門時間比較早。想從高而下欣賞整個皇后鎮，可以乘坐 Skyline Queenstown 纜車，或是坐小型雪橇滑下山。但個人而言，其實不需要特別的活動，只是看風景已經很滿足了。去過十幾個國家，沒有一個，有這麼漂亮的自然風景。鎮的中心就靠著 Lake Wakatipu，一個很平靜的湖，遠看是一座又一座的高山。餐廳方面，鎮內有很多不同國家的美食。主街有一間很有名氣的漢堡店，一直都很多人排隊，到了附近一定會知道是哪間。排完隊下單，還要等，味道是不錯，漢堡肉多汁又夠芝士味；但值不值得花大半個小時等一個漢堡，又是另一回事了。在超市買東西時，意外發現紐西蘭的蘋果特別清甜，效果是吃第一口就能分辨出來，比有名的黃色奇異果更好吃，來紐西蘭一定要試試。

▲ Lake Wakatipu

▲遊客中心

▲ Skyline Queenstown 纜車道

▲ Queenstown Trail

　　還有一個特別要介紹的地方，就是這裡的笨豬跳 (bungy jump)。其實這次我沒有跳，只是經過。但是笨豬跳的發源地正是皇后鎮！從市中心到 Bungy Kawarau Bungy Centre 只需約 30 分鐘，報名時可以選擇接送。跳的地方是一條翠綠的河。沒玩過笨豬跳的朋友不妨一試。

- Skyline Queenstown 開放時間為 9 am – 9 pm.
- 夏天去南島的朋友建議帶拖鞋或水鞋，我去了那麼多天沒有見過太陽，而且常常下大雨。

米爾福德峽灣 Milford Sound

米爾福德峽灣 (Milford Sound) 是一個冰河地形，位於峽灣國家公園 (Fiordland National Park) 裡面。峽灣內的主教冠峰 (Mitre Peak) 是世界上臨海的最高山峰之一。裡面最主要的瀑布 - 博恩瀑布 (Lady Bowen Falls)，高達 160 公尺。在 1990 年被列入世界遺產。

Day 2：當天早上六點多就跟團出發。其實從皇后鎮到米爾福德峽灣的直線距離不遠，只是中間隔了一條南阿爾卑斯山山脈，所以要繞一大個圈，又停一下看風景，差不多 4-5 個小時才能到達，途中會經過很多觀景的地方。旅遊巴一路開往米爾福德峽灣沿路停了幾個景點，其中包括 Eglinton Valley，是被高山包圍的山谷。還有 Mount Talbot，是高山的小瀑布；我還觸碰到瀑布流下來的水，非常冰涼。途中經過 Lake Wakatipu、Lake Te Anau 和 Kawarau River，第一次看到真正的 "翠綠色" 湖水，眼前一亮。顏色真的就是畫筆的那種湖水綠色，界乎藍與綠中間，又有點鮮豔，很難在現實生活中看到這樣的湖水。

▲ Kawarau River

▲ Eglinton Valley

▲ Mount Talbot

▲ Mount Talbot

到了米爾福德峽灣，遇上狂風暴雨。可以說是幸運，也可以說是不幸運。幸運的是，雖然最佳觀看瀑布是在雨後，水沒乾時，但一旦乾了就看不到瀑布；有下雨，最少能看到。不幸運的是，雨下得太大，景色看不清楚。在大雨裡，船會

▲ 米爾福德峽灣瀑布

有點搖，但不算太厲害。船程經過大大小小的瀑布，博恩瀑布，尤其壯觀，水花很大。船程大約 2 小時，在海峽繞了一圈。

就這樣子，一天來回，又回到皇后鎮了。

▶米爾福德峽灣瀑布

小貼士

- 去紐西蘭的行程很複雜,每個景點都很遠,同是背包客的話,要多花點時間找資料,還有對比價格;有時候每個團可以省下差不多 $20AUD。而且便宜的團會滿,所以儘早預訂。
- 雖然說是夏天,但下起雨來,只有十幾度,可能要穿著較保暖的衣物。

▲ 前往米爾福德峽灣途中景點

冰川 Glacier

雪山很多國家都有，但冰川卻不那麼常見。來紐西蘭，其中一個必去景點就是冰川。雖然這裡有無數多的冰川，但主要開放給遊客的冰川只有三個，就是：福克斯冰河 (Fox Glacier)、塔斯曼冰河 (Tasman Glacier)、法蘭士‧約瑟夫冰川 (Franz Josef Glacier)，都在南島西岸的南阿爾卑斯山山脈上。冰川的活動大同小異，都是上冰川頂健行、直升機俯瞰冰川，還有冰川谷徒步等。想坐在船上遊冰川，就只能在塔斯曼冰河 (Tasman Glacier) 體驗。仔細研究了一下三個冰川，從資料上看，塔斯曼冰河是當中最長的，位於山脈的東邊，距離皇后鎮比較近，大約 3 小時 30 分鐘車程，附近也有其他景點，活動也比較多；但是平均活動價格比其餘兩個冰川貴不少，而且冰河沙泥也較多。法蘭士‧約瑟夫冰川和福克斯冰河都在山脈的西邊，無論是從皇后鎮或基督城出發都比較遠。從皇后鎮出發約 4 小時 30 分鐘車程能到福克斯冰河，再過大約半小時，能到達法蘭士‧約瑟夫冰川。而我最後去了福克斯冰河 (Fox Glacier)，是當時最經濟的玩法。

▲三大旅遊冰川位置

Day 3：從皇后鎮出發，大概 4 小時 30 分鐘就能到達福克斯冰河。途中也有停景點，首先在 Lake Wanaka 小鎮休息，湖水一如既往地清澈，還有鴨子在游泳。然後到了 Makarora Tourist Centre 附近的 café 午餐，這裡外面有個油站，加上旁邊就是一條直路，有點西部牛仔的感覺。一直往北走，就來到下一個景點 Thunder Creek Falls。這個瀑布雖然不算很壯觀，但當天天氣好，前一天又剛下完雨，所以特別漂亮。

▲ Thunder Creek Falls

▲ Wanaka Lakefront

▲ Makarora Tourist Centre 附近油站

▶前往 Fox Glacier 途中景點

　　途中我就收到冰川團的電話，說因為天氣原因不能坐直升機觀冰川了。收到這個消息，當然有點不愉快。我報的是直升機團，可以在冰川上降落拍照。如果想加上爬冰，有另外一個團，價格貴一百多紐幣。到了之後，第一時間就是先到背包客旅館。由於我報的團已經取消，而且我在的兩天天氣都不好，應該不會出團。但是，一場來到，不可能甚麼都沒看就走。所以沒有車的我，只好硬著頭皮走到冰川底。幸好當天認識了一個女生，也要去冰川，我們就一起走了。我們來回選擇了不同的路，去的路是車路，回去的路是一個小樹林。走到冰河附近，有一個水清得能看到底部青苔的水池，我摸了一下水，果然非常冰冷。我們走到福克斯冰河停車場之後，就發現開始多人了，因為之後有一段上山的路只能走上去。我們從福克斯冰河鎮中心走到最接近冰川源頭的位置大概要 1 小時 30 分鐘。最後的那段路地圖上沒有顯示，但有不少遊客來往，這段路只能步行。終於皇天不負有心人，真的看到冰川！先看到流動的河水，再看到流動的水中有一塊塊很大的冰，再往裡面走就能看到冰川源頭，山上都是已經凝固了的冰。之後，我們穿過小樹林，回到馬路邊，走回旅館了，來回一共走了約 3 小時。

▲ 福克斯冰河源頭

▲ 福克斯冰河源頭

▲福克斯冰河中段

▶福克斯冰河旁邊

▶福克斯冰河谷

▲冰河的冰

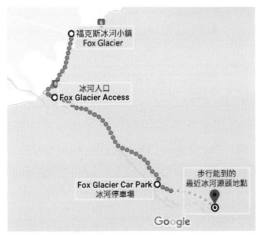

▲從福克斯冰河鎮步行到冰河源頭

　　Day 4：一大早從福克斯冰河鎮出發坐旅遊巴回到皇后鎮。途中再去了一下 Lake Wanaka，真的很美。到達後，深入閒逛了一下皇后鎮，就回青年旅社休息，準備明天一早的行程。

▲ Lake Wanaka

▲ Wanaka Lakefront

小貼士

- 玩冰川建議預留多幾天，因為冰川團只會在天氣好的時候出團，雨天上冰川會危險。
- 福克斯冰河鎮的餐廳大部分關得比較早，也沒有超級市場，下午六點後連油站都關了，吃東西最好早一點。

庫克山 Mount Cook + 特卡波湖 Lake Tekapo + 好牧羊人教堂 Church of the Good Shepherd + 基督城 Christchurch

　　Day 5：又是六點多的清晨就出發，今天主要是坐旅遊巴北上到基督城 (Christchurch)，觀光途中的景點。從皇后鎮一路往北到基督城，會經過很多景點。第一個是普卡基湖 (Lake Pukaki)，湖水非常平靜，完全反射出天上的雲。再過大約半小時就來到今天的重頭戲 - 南阿爾卑斯山 (Southern Alps) 最高的山峰 - 庫克山 (Mount Cook)。我下車的地方在 Aoraki Mount

Cook National Park 旅客中心。這個位置雖然是平地，但其實已經圍在山脈中，所以四周都是山。就在這拍照，已經很美。遠看庫克山，山腰山頂部分是雪，頂部高聳入雲。山峰一個接著一個，尤其壯麗。在這附近，有一條 Keep Point Track 行山徑，走到盡頭約 40 分鐘，又是有一個碧綠色的湖，有時間可以走走。庫克山這一站停了大概 1 個多小時，讓我們吃飯和觀光。

▲普卡基湖

▲庫克山

▲庫克山

▲ Keep Point Track 行山徑

　　之後我們就再次出發，到了特卡波湖 (Lake Tekapo) 和好牧羊人教堂 (Church of the Good Shepherd)。好牧羊人教堂就在特卡波湖的旁邊。這完全是一個奶藍色的湖，而且面積很大，湖面也很平靜。一旁的好牧羊人教堂是一間很乾淨俐落的石屋，是一座靜立在湖邊的小教堂。整個風景充滿著紐西蘭的特色。其實這個小教堂之所以有名，是因為在 2010 年獲得國際暗天協會 (International Dark-Sky Association) 認可，成為世界最佳觀星地之一。這裡晚上的光污染貼近零，天氣好的話，有機會看得出若隱若現的銀河。如果自駕遊，其實在教堂的附近就有不少旅館，甚至有不錯的青年旅社，大家不妨在這裡住上一兩晚觀星。

▶特卡波湖

▲特卡波湖銀河　　　　　　　▲好牧羊人教堂

▲從皇后鎮到基督城路線及途中景點

　　下午大概四點，我就到了基督城 (Christchurch)。一進機場有點驚訝，因為竟然一個人都沒有，除了同機的人，要走了一段路才見到有工作人員。由於 2011 年有一場地震的關係，這裡還有一些大廈沒有修建好，有些成為了遺跡，但已經有新的建築建好了。我住的地方就在市中心，所以一放好行李，就逼不及待的出門遊覽。首先到了雅芳河 (Avon River)。這條河看上去，水位不深，裡面還有鴨子和魚；兩旁是草地公園，很恬靜。這裡提供貢朵拉船 (Gondola) 泛舟遊覽，比較適合一家大小，我就沒有玩了。順著雅芳河一直走，就來到基督城植物園 (Christchurch Botanic Gardens)，閒逛了一下。前往市中心購物街途中，看到電車餐廳，很有特色，裡面好像很有格調。走著走著就來到 New Regent Street 購物街，但還是沒有甚麼人。由於天氣不好，所以走了一兩小時就回旅店了。

▲基督城機場

▲雅芳河

▲電車餐廳

▲市中心

▲ New Regent Street 購物街

► 賭場

小貼士

- 自駕遊的話，可以在好牧羊人教堂附近留宿，晚上觀星，有機會可以看到銀河。
- 基督城雅芳河朵拉船遊覽費用大概 $30 NZD，開放時間隨季節改變。

奧克蘭 Auckland

Day 6：終於有一天可以多睡一會。當天的行程，就是從基督城飛到奧克蘭。奧克蘭是紐西蘭最發達的城市之一，也是商業和工業的中心。當天大概中午，就到達奧克蘭。這裡比先前去過的皇后鎮和基督城發達很多。沒有跟旅行團，所以只在有交通工具的地方遊覽了一下。市區其實跟澳洲的大城市大同小異，也是有一些英國殖民地特色的建築。這裡的商業購物區很大，人流也很多。走了一會，就到了天空塔 (Sky Tower) – 奧克蘭的觀光塔。在上面可以看到整個市的景觀。從觀光塔下來，附近就是 Queens Wharf 碼頭，我看了一下票價還算合理，就坐渡海小輪

到對岸的德文港 (Devonport)。這個小區設施齊全，戲院、餐廳、圖書館，一應俱全。我在碼頭附近的沙灘走了一下，之後就回奧克蘭市中心了。

▲奧克蘭市中心

▲天空塔景觀

▲ Queens wharf 碼頭 - 輪船大樓

▲德文港

小貼士

- 第一次在旅館碰上有蟲的床，碰到這個情況一定要換床，把所有碰過床的東西都包起來，不要接觸到其他行李。順便教大家除蟲，因為蟲的繁殖能力很強，回到家要把所有東西用 100 度的水燙幾分鐘，之後再放到太陽下暴曬。這樣子蟲蛋才會死掉，消毒藥水是殺不死的。

哈比村 Hobbiton Movie Set

Day 7：相信大家就算沒看過，也應該聽過 "魔戒"（Lord of the Rings）這一系列的電影。當天就去了其中一個拍攝場地，哈比村（The Shire），是哈比人的家。場地位於 Matamata，距離奧克蘭市中心約 2 小時車程。這次旅行團還包括導賞，重點介紹了幾個哈比人屋和 The Green Dragon Inn。走進哈比村，首先看到非常青綠的草地，有一條河躺著整個哈比村和天空的倒影。另一邊就是哈比人屋，像是一個個在山坡上的小山洞，有著不同顏色的圓門。有很多屋子外面都放了椅子，種了花，也有信箱和煙通。但真正裡面有擺設的就只有一間，要特別預訂才可以進去。逛完一圈，導遊就帶我們到 The Green Dragon Inn 附近自由活動。其實這裡就是電影裡的村口，前面是進村的石橋，旁邊的河有一個水車。在 The Green Dragon Inn 裡，桌椅擺設都是真實的電影佈置，在裡面吃點小食，好像置身在電影裡一樣。

▶ 哈比村

▶ 哈比村

► 哈比村

► 哈比村

▲哈比村

► The Green Dragon Inn 內部

► 哈比人像

懷托摩螢火蟲洞 Waitomo Glowworm Caves

　　Day 8：從奧克蘭市中心到景點大概需要 3 小時。當天沒怎麼拍照，因為螢火蟲洞裡禁止拍照。進去山洞後，首先遊覽了一下鐘乳石洞，裡面有點黑，而且洞裡會一直滴水。走了一會，就到了坐船的地方，這就是看螢火蟲的位置。這裡非常黑，大概是不想影響到螢火蟲的生態。坐到船上，工作人員就會划著船帶你在裡面遊一圈。剛開始會覺得有點恐怖，因為黑到伸手不見五指。但入到比較深的位置時，就會看到在頭頂和四周的洞壁上，有很多一閃一閃的藍光，這些就是藍光螢火蟲！好像看到好多星星在身邊閃，是一個很不錯的體驗。這小船直接送我們到洞口，完成這次螢火蟲洞之旅。

▶懷托摩洞圖騰雕塑

▲螢火蟲洞出口

▲紀念品店

小貼士

- 由於洞裡面一直滴水，整個小船都是濕的，上船要小心。
- 裡面真的有很黑，要注意安全。
- Waitomo Glowworm Caves 開放時間是每天 9am，最後進場時間是 4pm。

奧克蘭畫廊 Auckland Art Gallery Toi o Tāmaki

Day 9：其實當天就要回悉尼了，去機場前只有兩個小時的時間可以遊覽。在奧克蘭市區走了幾天，發現這裡的畫廊和藝術中心真不少，很有藝術氣息。這次去的畫廊，收藏了 11 世紀到現代的藝術品。裡面的展覽恆常會變。畫廊的建築也在 2013 年獲得了 World Architecture Festival 的 World Building of the Year 一獎，光是建築物本身就是一個藝術品。有興趣的朋友不妨參觀一下。

▲奧克蘭畫廊

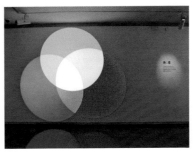
▲奧克蘭畫廊展覽

小貼士

- Auckland Art Gallery Toi o Tāmaki 開放時間為每天 10 am – 5 pm

▶奧克蘭畫廊藝術

再遊紐西蘭

事隔不久，我又去了一次紐西蘭，主要希望上冰川，了個心願。由於有了跟當地一日團的經驗，了解路況，所以這次決定自駕遊。這次去的地方有皇后鎮 (Queenstown)、法蘭士·約瑟夫冰川 (Franz Josef Glacier)、基督城 (Christchurch) 和威靈頓 (Wellington)。下文我就不特別介紹皇后鎮了，因為除了春天有櫻花之外，上次遊覽的景點沒有太大變化；再去皇后鎮只是因為那裡有國際航班到達。

從皇后鎮前往法蘭士·約瑟夫冰川鎮

Day 1：在皇后鎮出發，需要約 5 小時車程，才能到達法蘭士·約瑟夫冰川小鎮。像我們這種休閒地駕車，看到景點又停一下，就用了接近 7 個小時。頭一段路比較多高山，看到不少牛羊在放牧。之後就比較多湖，湖面都非常平靜，湖水像靜止了一樣。這裡的湖可說是巨大，隨時駕車繞上一個小時，也未必能走完。這段路會經過兩個大湖，分別是 Lake Wanaka 和 Lake Hawea。位列紐西蘭第四大湖的 Lake Wanaka，有 192 平方公里大；而排第九的 Lake Hawea，就有 141 平方公里大。

▶ 飛機上俯瞰雪山

▲ 皇后鎮

▲ Lake Wanaka 小鎮

▲ Lake Hawea

▲ Lake Wanaka 另一邊湖面

法蘭士‧約瑟夫冰川 Franz Josef Glacier

Day 2：紐西蘭南島西岸雖然天氣比較差，但冰川比較乾淨，也比較漂亮。冒著等幾日都不一定能上冰川的風險，這次選擇來到西岸的法蘭士‧約瑟夫冰川。

▲冰川

到達冰川小鎮的第二日一早，得到幸運之神的眷顧，第一天就可以如期上山爬冰 (heli hike)。冰川團的職員告訴我們，當天之後的一個星期都會下雨，不能上冰川，有朋友要來的話就告訴他們不用來了；所以上冰川這個活動真的是看運氣。到達集合地後，首先是填表登記，之後就開始集合該個時間段上冰川的人講解注意事項及領取所需物品。穿上冰川套裝後會量體重，職員會分派團員去不同的直升機。從集合點走到停機坪後，就可以坐直升機上冰川，幾分鐘就能到達山上的冰川，途中會經過冰河。到達冰川後，爬冰教練，也是導遊，會教我們把爬冰鞋抓裝在鞋底。爬冰過程不累，一邊爬一邊聽講解。看到白色到偏藍色的大冰塊，有時會看到遠處有冰崩，非常壯觀。大約 2 小時，就完成了這次 heli hike。

▶ 冰川

▶ 冰洞

▶ 大冰塊

▲ Bealey 日落

　　下山後，我們馬不停蹄地出發去基督城。途中經過 Arthur Pass – "魔戒" 的其中一個拍攝場地。其實由法蘭士 · 約瑟夫冰川到基督城的前半段，是沿海的，左邊就是塔斯曼海 (Tasman Sea)，有不少城鎮，車需要加油的話就在這段路加。後半段轉回內陸，會經過很多高山和河谷，一直上山下山。Arthur Pass 就在後半段，滿是茂密的森林，萬仞的高山和山谷；有時間的話可以在 Arthur Pass National Park 走一下。過了 Arthur Pass，還有一個推薦的景點，就是 Bealey，這裡可以走到山谷下看著夕陽西下，風景一絕。貼近基督城的路段開始有一些小鎮，一共大約 5 小時，終於到達目的地。

小貼士

- 自駕遊的朋友晚上駕車要小心，這裡真的是荒山野嶺，沒有路燈，也沒有甚麼房屋，漆黑一片，狀況完全可以用 "伸手不見五指" 去形容，沒有車燈的話，完全不知道前面是甚麼。建議入黑前到達目的地。
- 從法蘭士 · 約瑟夫冰川到基督城的路九曲十三彎，中後段的山路非常高，駕駛者要特別小心。
- 法蘭士 · 約瑟夫冰川提供 heli hike 服務的公司主要有兩間，我選用的是 Franz Josef Glacier Guides，因為剛好遇上優惠活動。價格在 $500 NZD 以下，包爬冰用品，如：冰川鞋、鞋抓、褲、外套等。
- 上冰川不可穿著牛仔褲，可能怕影響雙腳靈活度。他們有提供防水的厚登山褲，但由於衛生原因，建議裡面穿著自己的褲子，女生建議穿著窄身褲。
- 法蘭士 · 約瑟夫冰川鎮的住宿，連背包客旅館也有機會訂滿，建議最少提早一個月預訂。

基督城 Christchurch

　　由於提早離開了法蘭士·約瑟夫冰川，所以在基督城多逗留了幾天。除了上一次去的市內觀光，這次去了兩個比較遠一點的地方，都是以公共交通工具前往。

基督城 Christchurch 市內

　　Day 3：除了再逛了一次雅芳河 (Avon River) 和基督城植物園 (Christchurch Botanic Gardens) 外，這次還遊覽了坎特伯雷博物館 (Canterburry Museum) 和紙板教堂 (Cardboard Cathedral)。

▶雅芳河

▶基督城植物園

　　特伯雷博物館 (Canterburry Museum) 位於基督城植物園旁，是一座古建築。裡面不算大，但卻整合了不同範疇的展覽。不但有土著的圖騰藝術品，也有紐西蘭古時的物品展覽。關於科學的有：紐西蘭動物介紹、地震歷史和南極探索。南極探索的展廳活動多元化，有遊戲，也有影片，學到不少關於南極的知識。但是我覺得最值得去的，是一條名為 "Christchurch Street" 的展覽街。這是一條仿效古時紐西蘭各種商店的街道，裡面有鞋店、雜貨店、理髮店等；好像走進了古代。

　　從特伯雷博物館往東走約 20 分鐘，就到達紙板教堂 (Cardboard Cathedral)。這裡是 2011 年地震後建成的，由一位日本建築師設計，主要由木、紙板和玻璃建造，是一座很特別的教堂。

▲特伯雷博物館

▲紙板教堂

▲基督城市中心

▲基督城市中心

小貼士

- 特伯雷博物館的開放時間為星期一至日 9 am – 5 pm。(根據月份，時間會有所調整，詳情請參閱 Canterburry Museum 網站)，免費入場。
- 如果打算在基督城遊玩幾日，可以購買景點套票，詳情請參閱 Christchurch Attractions 網站。

柳岸野生動物保護區 Willowbank Wildlife Reserve

Day 4：原本來這個野生動物保護區，只是為了看紐西蘭的國鳥 - 幾維鳥 (Kiwi bird)；沒想到這裡意想不到的好玩，連我這個平時入去動物園，走不完全程就會出來的人，都覺得好玩。這個看似不大的動物保護區，足足玩了兩小時。

當日大概中午的時候出發，從住處步行到市中心最大的巴士交匯站，乘坐 28 號 (Casebrook 方向)、95 號 (Pegasus and Waikuku 方向) 或 Blue Line (Belfast 方向)，在 Main North Rd near Cranford St 這個站下車，同站轉乘 107 號巴士，就可到達。坐巴士大約需要 1 小時，如果駕車的話，約半小時就能到達。

經過動物保護區的停車場，就到達門口。入口是售票處及紀念品店。購票後會有一條手帶，可以正式進入保護區。按著地圖的指示一直往前走，首先看到不同種類的魚，再走不久，就會開始見到巨大的鵝和鴨，還有火雞。牠們一隻隻四五十釐米高，有點嚇人。和一般的動物園一樣，有羊、馬、鳥等動物。比較特別的是這裡有很多不同品種的羊，連羊駝都有幾種。數到一定要看的，肯定是幾維鳥。就在距離出口不遠處，有一間木屋，裡面幾乎是漆黑的，幾維鳥就在裡面。原來幾維鳥是瀕臨絕種的動物，在漆黑的環境裡，是為了不讓牠們受到刺激，希望保護牠們。進去之後，真的只能憑聲音猜牠們在哪，找到也很難看清楚，而且裡面不准拍照，怕影響牠們。

▲柳岸野生動物保護區門口

▲保護區內的動物

小貼士

- 柳岸野生動物保護區的開放時間是星期一至日 9.30 am – 5pm，成人入場費為 $32.5 NZD (詳情請參閱 Willowbank Wildlife Reserve 網站)。
- 記得拿地圖，有機會走錯路。

基督城登山纜車
Christchurch Gondola

Day 5：如果你喜歡爬山看風景的話，基督城的登山纜車會很適合你。距離市中心不遠，位於市中心的東南面，是一個又能看海，又能看湖的山頂。

前往這裡非常方便，只需在市中心巴士交匯站，乘坐 28 號 巴士 (Lyttelton 方向)，約 40 分鐘，就能到達門口。駕車的話，只需約 15 分鐘。其實景點有提供旅遊巴接送服務，但價格是坐巴士的兩倍多一點。我選擇坐巴士，下車的地方也很容易找。

纜車票是來回的，因為山上沒有其他公共交通工具可以下山。乘坐纜車上山的時候，可以欣賞海景，腳下還可能看到滿山跑的綿羊。到達山頂後，有一個介紹基督城 Canterbury 這個地方的時光隧道，學到不少歷史。

▲基督城登山纜車

▲山頂俯瞰海面

▲山頂俯瞰湖面

這個山頭正好分隔了海和湖。海的那邊都是芒草，海水閃閃發光；湖的那邊是另一個小區，有著奶藍色的湖水。喜歡爬山的朋友可以到處走走，有不同長度的行山徑，也清楚標示了該行山徑要用的時間；行山途中有不少觀景點，可以順便打卡。回到山頂的建築，可以到頂樓的 café 坐一下，悠閒看風景。

小貼士

- 登山纜車票價為 $30 NZD，旅遊巴接送服務單程 $10 NZD，開放時間為星期一至日 10am – 5pm，詳情請參閱 Christchurch Attractions 網站。
- 28 號 (Lyttelton 方向) 巴士，約半小時一班車。

威靈頓 Wellington

威靈頓並不是紐西蘭最大的城市，也不是它最繁華的城市，但這裡是紐西蘭的首都。特地從南島飛過來北島，就是為了看看首都是怎麼樣的。這裡地方小，但目測人口密度比基督城、皇后鎮，甚至奧克蘭都要高。很顯然地，這是一個商業城市。

威靈頓市中心海旁 Wellington Waterfront + 國會大廈 Wellington Parliament House - The Beehive

Day 6：中午從基督城飛到威靈頓，最令我驚訝的是，第一次上機前完全沒有安檢！慶幸能安全到達。到達威靈頓已經是下午，就到海旁走一下，而市中心也是依著海旁而建，大約半小時就能從市中心的南邊，走到北邊。這個海旁正是威靈頓海港 (Wellington Harbour)，大到完全看不到對岸，一直以為這是外海，查了一下才知道對岸也屬於威靈頓市。

　　國會大廈位於威靈頓市中心的北邊，在一個山坡上。其中一座是圓形的特色建築，名為 "The Beehive"。

▲威靈頓海旁

▲國會大廈

▲海旁有趣交通燈

威靈頓纜車 Wellington Cable Car +
紐西蘭蒂帕帕國立博物館
Museum of New Zealand Te Papa Tongarewa

　　Day 7：由於當天下午就要回澳洲，所以一大清早就前往纜車站上山。纜車往上走的時候，會經過兩條小隧道，裡面都有動態的燈光裝飾。和基督城的纜車不一樣，這個纜車是真正的交通工具，山頂有一個小區。這裡的景色很美，能看到金光閃閃的海和山下的高樓大廈。可能因為不夠高，感覺沒有香港的山頂壯觀。就在山上纜車站的一旁，有一個小型的纜車博物館，可以了解威靈頓纜車的歷史；而威靈頓植物園 (Wellington Botanic Garden) 也在附近。這個植物園不算太大，但需要上山下山。裡面除了有各式花卉外，還有砲台和關於太空的展覽場館 (Space Place)；在砲台的位置風景很美。有時間的話，可以從植物園走下山，大約需要 1 小時。

▲纜車

▲植物園內砲台

　　下山後，走回市中心的南面，參觀紐西蘭蒂帕帕國立博物館 (Museum of New Zealand Te Papa Tongarewa)。裡面真的非常大，慢慢逛的話，可以看一整日。首先是關於紐西蘭自然景觀的展覽，用不同形式介紹動物和鳥類，也有介紹火山爆發和地震等自然災害。印象最深刻的是 "地震屋"，走進裡面可以感受一般的地震。第二個要介紹的是關於紐西蘭戰爭的展廳，只開放到 2022 年 4 月。裡面詳細地敘述了戰爭的歷史，連當時軍人的信件也有展示。最令人震撼的是，有多個一層樓高的人形軍人雕塑，像真度極高。藝術方面，館裡收藏了古代及當代的各式藝術作品，藝術展廳橫跨幾層樓。有讓人們動手製作藝術品的地方，可以坐下來塗塗顏色。最後，當然不能少了歷史和土著文化的展廳。除了圖騰、土著屋，也有其他工藝品供人們欣賞。

▶紐西蘭蒂帕帕國立博物館

▶戰爭展廳內雕塑

　　最後，在附近吃完午餐後，就前往機場。從市中心到機場，需要 1 小時 15 分鐘，駕車的話約需半小時。這裡只有一條機場巴士線，沒有火車。但是，這裡有幾條路線會途經機場附近，下車後走到機場大約 10 分鐘，票價便宜大約一半。機場巴士線日間大約 20 分鐘一班車，當日，我足足等了半小時都沒有車。一個開普通巴士線的司機伯伯，叫我過去，告訴我這個巴士可以到機場，所以我就上車了。快下車的時候，車上的乘客和司機都超好人，告訴我哪個站下車，又告訴我如何走到機場。的確，從下車的站，走大約 10 分鐘，就到達機場入口了。就這樣，結束了這次紐西蘭之旅。

小貼士

- 威靈頓纜車的開放時間是星期一至五 7.30am–7pm，星期六及日 8.30am–7pm。成人單程票價為 $5 NZD，來回 $9 NZD。日間每 10 分鐘一班車。詳情請參閱 Wellington Cable Car 網站。
- Space Place 的開放時間是星期二及星期五 4pm -11pm，星期六 10am – 11pm，星期日 10am – 5.30pm。其他日子休館。詳情請參閱 Space Place 網站。
- Museum of New Zealand Te Papa Tongarewa 開放時間是每天 10am-6pm。
- 威靈頓機場巴士線是 91 號，暫時沒有在 Google map 的路線上顯示。但每個巴士站都有巴士到站時間表。
- 其他可到達威靈頓機場的巴士線有 2 號和 11 號，下車後需步行約 10 分鐘到機場。

參考書目

1. Australian Bureau of Statistics (2019.8.15 更新)。6302.0 - Average Weekly Earnings, Australia, May 2019。Australian Bureau of Statistics。2019.8.26
   取自：
   https://www.abs.gov.au/AUSSTATS/abs@.nsf/DetailsPage/6302.0May%20 2019?OpenDocument#Data

2. Chris Le Page (2019)。Melbourne apartment block unsafe to live in due to cladding and fire safety，residents told to leave。ABC News。2019.8.27
   取自：
   https://www.abc.net.au/news/2019-08-23/cladding-and-mould-forces-residents-out-of-apartment-block/11443976

3. Anne Davies，Debbie Whitmont and Patricia Drum (2018 更新)。Australian high-rises swathed in flammable cladding despite suppliers knowing of risks。ABC News。2019.8.27
   取自：
   https://www.abc.net.au/news/2017-09-04/australian-high-rises-swathed-in-lammable-cladding/8862784

4. Immigration and citizenship (2020)。Australian Government Department of Home Affairs。2020.6.6
   取自：
   https://immi.homeaffairs.gov.au/

書　　　　名	港女移民澳洲日誌
作　　　　者	瑩君
出　　　　版	超媒體出版有限公司
地　　　　址	荃灣海盛路 11 號 One MidTown 2913 室
出版計劃查詢	(852)3596 4296
電　　　　郵	info@easy-publish.org
網　　　　址	http://www.easy-publish.org
香 港 總 經 銷	香港聯合書刊物流有限公司
出 版 日 期	2020 年 7 月
圖 書 分 類	生活百科
國 際 書 號	978-988-8670-79-6
定　　　　價	HK$128

Printed and Published in Hong Kong